AF487433

Connor
Bâtir son rêve au ranch

CHRIS KENISTON

Indie House Publishing

Indie House Publishing

LES RÉFÉRENCES CULTURELLES AMÉRICAINES DE CE LIVRE EXPLIQUÉES

Mutton busting—épreuve de rodéo où de jeunes enfants essaient de rester le plus longtemps possible sur le dos d'un mouton en mouvement

Field of Dreams—film américain culte de 1989 dans lequel un fermier construit un terrain de baseball dans son champ après avoir entendu une voix mystérieuse

Louis L'Amour—auteur américain très populaire, spécialisé dans les romans western se déroulant dans l'Ouest sauvage américain du XIXe siècle

Jupes bouffantes (poodle skirts)—jupes évasées typiques des années 1950 aux États-Unis, ornées d'un appliqué représentant un caniche, emblématiques de la culture teenage américaine de l'époque

Studebaker—marque de voitures américaines des années 1950, aujourd'hui disparue, emblématique de l'Amérique d'après-guerre

Trophée de la Coupe Stanley—trophée remis chaque année à l'équipe championne de la Ligue nationale de hockey d'Amérique du Nord

Gunsmoke—série télévisée western américaine diffusée de 1955 à 1975, l'une des plus longues de l'histoire de la télévision américaine

Sept femmes pour sept frères—Les Sept Femmes de Barbe-Rousse – comédie musicale américaine de 1954, film classique mettant en scène sept frères cherchant chacun une femme dans le Far West

CHAPITRE PREMIER

— Bon sang, Ralph.

Eileen Callahan, toujours la main sur la poignée de la chambre à l'étage, fit un pas en arrière.

— Quand es-tu entré dans cette pièce pour la dernière fois ?

Ralph Brennan, voisin du ranch Farraday depuis plus longtemps qu'Eileen n'avait fait partie de la famille, s'arrêta à côté d'elle.

— Je suppose que ça fait un moment.

— Un moment ?

Elle le regarda par-dessus son épaule. Elle parcourait les couloirs de l'étage de cette maison de ranch bien entretenue pour la première fois depuis le décès de Marjorie Brennan, survenu des années plus tôt. Tout semblait exactement pareil, y compris la salle de couture de Marjorie et la pile de tissus roses qu'elle avait utilisés pour confectionner la robe du troisième anniversaire de Grace. Prenant une profonde inspiration et avançant, Eileen examina les autres pièces à l'étage. Dépoussiérées et propres, Marjorie aurait été fière de lui. Le temps s'était figé dans la maison des Brennan.

— Je pense qu'il est temps.

Le sourcil d'Eileen s'arqua haut sur son front et, par respect pour cet homme de près de quatre-vingt-dix ans, elle s'abstint de lâcher les premiers mots qui lui étaient venus à l'esprit : Tu crois ?

— J'ai dit à Catherine que je la rejoindrais bientôt, mais que je devais d'abord mettre de l'ordre dans cette vieille maison. Je ne veux pas que des étrangers fouillent dans les affaires de Marjorie.

Eileen mit quelques longues secondes à se souvenir qui

était Catherine — la petite-fille de Brennan. Elle ne l'avait jamais rencontrée, mais lorsque la femme de Ralph était décédée après une longue lutte contre le cancer, la petite fille avait souvent été au centre des conversations à la table de cuisine des Farraday.

— Tu vas voir ta petite-fille ?

Le sourire du vieil homme s'élargit.

— Oui. Elle est une avocate importante là où elle habite à Chicago. C'est trop difficile pour elle de venir à Tuckers Bluff, mais je lui ai dit que dès que j'aurais mis de l'ordre ici, je me rendrais chez elle pour une visite.

Eileen regarda le couloir. S'il voulait rendre visite à sa petite-fille avant le prochain millénaire, elle allait devoir appeler des renforts.

— J'aurai besoin d'aide.

Ralph Brennan plissa les yeux.

— Quel genre d'aide ?

— Des bras supplémentaires. Sinon tu ne verras pas Catherine avant longtemps.

— Je l'ai déjà vue.

L'homme sourit à nouveau à Eileen.

— Quand as-tu quitté la ville ?

Peut-être que le vieux bouc n'était pas aussi vif d'esprit que tout le monde le pensait.

— Je n'ai pas quitté le ranch. Je l'ai vue sur ce machin qu'elle m'a envoyé.

Machin ?

Ralph se retourna et descendit les escaliers. Eileen estima qu'elle en avait assez vu à l'étage et lui emboîta le pas.

Au bas des escaliers, il tourna brusquement à droite dans ce qu'elle savait être son bureau. La pièce contenait probablement des registres couvrant plus de cinquante ans d'activité du ranch Brennan — tous manuscrits.

— Ce truc.

Eileen rit, soulagée que le vieux bonhomme ne perde pas la tête.

— Une tablette.

Ralph haussa les épaules, puis afficha un sourire édenté.

— Elle est jolie comme un cœur. Elle ressemble exactement à sa mère quand elle sourit.

Il appuya sur un bouton et une photographie de ce qu'Eileen supposait être la petite-fille, maintenant adulte et avec un jeune enfant, apparut à l'écran.

— Elle est adorable. J'espère qu'elle viendra par ici un jour.

— Je ne sais pas. J'attends depuis presque un an que ça arrive et j'ai fini par abandonner. C'est là que nous avons décidé que ces vieux os devraient aller au nord si nous voulons nous voir. C'est mieux comme ça pour Stacey.

— La petite fille ?

— Sa petite fille. Mignonne comme tout.

Un rapide froncement de sourcils assombrit son regard.

— Qu'est-ce qui ne va pas ?

Eileen avança prudemment. Ralph n'était pas du genre bavard, alors elle savait que le seul moyen de découvrir ce qui assombrissait son humeur était de poser la question et d'espérer ne pas avoir marché sur un terrain sensible.

— Je ne sais pas trop. La petite ne sourit pas et ne parle pas. Catherine dit qu'elle est juste timide avec les gens qu'elle ne connaît pas.

— Beaucoup d'enfants sont comme ça.

— Peut-être.

Il expira bruyamment et se frotta les mains.

— Je n'étais pas très enthousiaste à l'idée de partir, mais maintenant que c'est décidé, je suis plutôt impatient d'y aller. Quand peux-tu commencer ?

— Je suppose que l'endroit le plus facile pour commencer est la salle de couture de Marjorie. Il y a beaucoup de gens en ville qui pourraient utiliser ces fournitures. Peut-être que nous recommencerons la tradition des courtepointes.

— Marjorie adorait faire ces courtepointes pour bébés. Rien ne la rendait plus heureuse que d'être avec des enfants. J'ai toujours pensé que c'était dommage qu'elle n'ait pas été mère d'une douzaine d'enfants, mais je suppose que le bon Dieu a pensé qu'un seul suffisait. Et tard dans la vie en plus.

Eileen lui sourit.

— Je suis sûre qu'il y a eu des moments où nous aurions été heureux de vous prêter un de nos garçons. Ou deux.

— Tu as bien élevé ces garçons. Tu en as fait de vrais hommes. Ça me fait chaud au cœur de savoir que cet endroit élèvera à nouveau des enfants Farraday un jour.

— À nouveau ?

— Mon arrière-grand-père a acheté cette terre au premier Farraday. Sa femme n'aimait pas vivre si loin de tout. Elle venait de quelque part dans le nord, Boston peut-être. Quoi qu'il en soit, elle avait du mal à s'adapter à la vie d'éleveur, mais l'isolement était le plus difficile pour elle. Craignant qu'elle ne perde la tête, il a vendu cette terre à ma famille à condition que la maison soit construite près de la limite de propriété. Ainsi, les dames pouvaient se rendre visite. Ça a bien fonctionné, car les deux femmes étaient des citadines.

— Je ne connaissais pas cette histoire.

Eileen se demanda combien d'autres choses le vieux bonhomme avait enfouies dans les recoins de sa mémoire sans jamais les partager.

— Il n'y a pas grand-chose de plus à dire. Les Farraday et les Brennan sont voisins depuis lors.

— Pas de querelles secrètes ?

taquina Eileen.

— Non.

Ralph changea de position.

— Pas même une dispute. Ma sœur Edna a failli s'enfuir avec l'oncle George de Sean. Ça a alimenté les commérages du village pendant des années. Edna n'avait que quatorze ans et elle et George s'étaient enfuis chez le juge de paix jusqu'à Butler Springs.

— Vraiment ?

Eileen devrait demander à Sean s'il connaissait cette histoire. Sinon, elle savait déjà quel serait le sujet de conversation lors de la prochaine grande réunion des Farraday.

— Jeunes écervelés. Deux ans plus tard, Edna a épousé

un des garçons Turner et a déménagé à Butler Springs. Finalement, ton oncle George a rencontré sa Martha et a déménagé dans son coin. C'est à peu près toute l'excitation qu'il y a jamais eu.

— Eh bien, ça a l'air amusant. Alors…

Eileen tapa dans ses mains.

— pourquoi ne trouves-tu pas quelque chose à faire pendant que je commence là-haut ?

— Si ça ne te dérange pas, c'est l'heure de ma sieste de l'après-midi. Je pense que je vais juste m'asseoir ici et regarder un peu la télé. Maria a laissé un pichet frais de limonade dans le frigo.

— Pourquoi ne pas t'asseoir pendant que je nous apporte deux verres ?

Ralph lui sourit.

— Tu es une bonne femme, Eileen. Tu as bien agi envers ta sœur, et maintenant tu fais de même pour ma Marjorie.

— C'est à ça que servent les voisins, Ralph.

Ce n'était plus souvent que le souvenir de la vie de sa sœur, interrompue si jeune, lui faisait encore aussi mal. Quelque chose dans cette maison où le temps semblait s'être arrêté rendait la douleur plus vive qu'elle ne l'avait été depuis des décennies. Eileen continua vers la cuisine démodée. Alors que la cuisine des Farraday avait été refaite juste avant son arrivée au ranch, celle des Brennan ressemblait au décor d'une sitcom des années soixante-dix. Le jaune moutarde dominait. Le seul signe du monde moderne était le micro-ondes en acier inoxydable caché dans un coin. Même le réfrigérateur était un ancien modèle à poignée, vestige d'une époque encore plus ancienne. Eileen n'arrivait pas à croire que ce fichu truc fonctionnait encore. Bien que, réflexion faite, cela ne devrait pas la surprendre. Le frigo venait d'une époque où les appareils étaient conçus pour durer toute une vie — ou dans ce cas, plusieurs vies.

Deux verres frais en main, Eileen retourna dans le grand salon.

— Voilà, Ralph.

Les yeux fermés et les lèvres retroussées en un sourire, elle ne voyait aucune raison de perturber son agréable rêve. Posant le verre sur la table à côté de lui, une étrange sensation lui parcourut l'échine. Son cœur s'emballa et elle observa de plus près ce sourire paisible.

— Ralph, chuchota-t-elle, en tendant lentement la main vers lui.

Eileen pressa deux doigts à l'intérieur de son poignet.

Fermant fermement les yeux, elle déplaça ces mêmes doigts vers son cou.

— Oh, Ralph.

CHAPITRE DEUX

Savoir que la propriété des Brennan serait bientôt la sienne était à peu près la seule chose qui empêchait Connor Farraday de jeter ce nouveau saisonnier par-dessus bord. Main sur le cœur, cet homme n'arrivait pas à se sortir de son propre chemin. Déplacer un tuyau sur la plateforme d'une plateforme pétrolière était un travail difficile. Le déplacer par une journée venteuse était une vraie galère, et ce gamin ne comprenait rien. Il avait besoin de passer du temps sur la terre ferme à creuser des fossés jusqu'à ce qu'il apprenne à faire ce qu'on lui disait, exactement comme on le lui disait, chaque fois qu'on le lui disait.

À ce rythme, Connor n'allait pas tenir un jour de plus, sans parler d'une semaine supplémentaire jusqu'à la fin de sa rotation. Quinze jours de travail, sept de repos. Il se poussait à bout depuis un moment, ne prenant pas les deux semaines complètes de congé recommandées, accumulant la paie supplémentaire. Il en avait vraiment assez de ce manège. Après avoir fait son temps chez l'Oncle Sam, il avait rapidement décidé que recevoir des ordres n'était pas la façon dont il voulait passer le reste de sa vie. Pas pour le genre d'argent que le Corps des Marines lui versait. Travailler sur une plateforme pétrolière, que ce soit sur terre ou en mer, était une façon difficile de gagner très bien sa vie. Il avait adoré l'adrénaline, l'agitation, les défis constants. Beaucoup de gars ne faisaient ce genre de travail que pendant un an ou deux, constituaient leur capital, puis passaient à autre chose. Il avait eu de plus grands projets en tête, mais il était temps de récolter les fruits de son travail.

— Mets-y du tien, cria l'un des grutiers au gamin.

En observant bien son visage, Connor remarqua les lunettes de soleil.

— Où sont tes lunettes de sécurité ?

— Dans ma chambre.

Toujours un bon endroit pour garder une protection. Pendant une demi-seconde, Connor envisagea de demander si le gars gardait aussi ses préservatifs dans leur emballage toute la nuit. Ni l'un ni l'autre ne lui servirait quand il en aurait besoin.

— Pourquoi tu portes des lunettes de soleil en plein milieu de la nuit ?

— Ce sont des Versace.

Comment celui-là avait-il pu passer entre les mailles du filet et se retrouver sous la responsabilité de Connor ? En supposant qu'il ne laisse pas tomber un autre tournevis sur son pied et ne rentre pas pleurer chez sa mère, le gamin allait se faire tuer. Ou pire, s'il ne s'arrêtait pas de réfléchir et faisait simplement ce qu'on lui disait, il allait faire tuer quelqu'un d'autre aussi.

— Va chercher tes fichues lunettes de sécurité, et si je revois ces lunettes de soleil ne serait-ce qu'une fois de plus, ce sera la dernière fois que tu les verras. Compris ?

Le gamin avait peut-être hoché la tête en signe d'accord, mais le regard dans ses yeux disait clairement à Connor qu'il n'en avait pas la moindre idée. Si ce n'était pas pour la lumière des Brennan au bout du tunnel, le quart de travail de ce soir suffirait presque à renvoyer Connor travailler pour l'Oncle Sam. Des idiots comme ce nouveau ne valaient pas le salaire supplémentaire.

À mi-chemin de son quart de travail de douze heures, le lever du soleil ce matin-là était incroyable. Presque comme des excuses de Dieu pour avoir obligé Connor à supporter ce gamin stupide. Le décor serein de l'un des métiers les plus dangereux de la planète.

Sous le pont, dans la cuisine, Connor avala une autre boisson énergisante, passa par la file et remplit son assiette. Ils avaient dépensé beaucoup d'énergie à lutter contre le vent, il était prêt à faire le plein.

Alors qu'il attaquait son steak et ses pommes de terre à

peu près au moment où sa famille, chez lui, servait des œufs et du bacon, ce n'était pas une surprise quand son téléphone sonna avec un appel de son père.

— Salut, papa. Qu'est-ce qui te fait appeler si tôt dans la journée ?

— Je pensais que tu voudrais savoir que Ralph Brennan est décédé hier.

La fourchette de Connor se figea à mi-chemin de sa bouche.

— Que s'est-il passé ?

— La vieillesse. Il s'est assis dans un fauteuil, a fermé les yeux et s'est endormi. Ta tante Eileen était avec lui.

— Elle va bien ?

— Oui, son départ a été très paisible. Elle n'aurait rien pu faire pour lui.

— Wow. Je sais qu'il était vieux et tout ça, mais je ne l'ai pas vu venir.

— Il y a autre chose que tu devrais peut-être savoir.

Quand la voix de son père prenait cette octave légèrement plus basse, c'était rarement une bonne nouvelle.

— Quoi ?

— Sa petite-fille vient en ville.

— Sa petite-fille ? La gamine capricieuse ?

— Je n'en sais rien, mais elle a pris des dispositions avec Andy par téléphone. Elle a besoin de temps pour s'organiser, donc les funérailles n'auront pas lieu avant qu'elle arrive dans une semaine environ.

— Ça fait loin pour venir dire au revoir à quelqu'un pour qui on n'a pas eu de temps depuis… quoi, vingt, vingt-cinq ans ?

— C'est vrai, mais elle vient aussi pour décider quoi faire du ranch.

Ce qui restait dans son assiette n'avait plus l'air aussi appétissant.

— Qu'y a-t-il à décider ? Je vais l'acheter.

— Oui, eh bien…

Son père hésita plus longtemps que Connor ne l'aurait souhaité.

— Je le sais, et tu le sais, et même Ralph le savait peut-être, mais il semble que la petite-fille ne le sache pas.

Connor poussa son assiette à moitié terminée sur le côté.

— Nous verrons bien ce qu'il en est.

— Pourquoi les gens attendent-ils toujours qu'il soit trop tard ? marmonna Catherine Hammond à son assistante, Susan.

— Tu veux vraiment que je réponde à ça ?

Susan la regarda en haussant les sourcils.

Reportant son regard sur son bureau et la photo de son grand-père, Catherine secoua la tête.

— J'aurais dû y aller dès la première fois qu'il me l'a demandé.

— Tu étais en plein dans l'affaire Buchanan. Il n'y avait aucun moyen de partir sans que ton père explose, et franchement, Connie n'aurait pas pu assurer le premier rôle. Elle n'était pas prête pour ça.

C'était le même argument que Catherine s'était donné. Ce n'était pas juste envers Connie, le cabinet, et surtout son père. Il avait mis beaucoup en jeu ces dernières années en lui confiant les affaires importantes.

— Quand même…

— Il n'y avait rien que tu puisses faire.

Susan déposa une pile de dossiers demandés sur le bureau et récupéra un autre tas prêt à être archivé.

— J'aurais pu y aller après. J'aurais pu refuser l'appel Medcalf.

— Pas si tu veux devenir associée. Tu sais aussi bien que moi que si tu veux jouer dans la cour des grands, tu ne peux pas jouer la carte familiale.

Si quelqu'un le savait, c'était bien Catherine. Elle avait passé sa vie à répondre aux attentes de son père. Travailler dur. Récolter les récompenses. Pas de temps pour les amis et la famille. Et elle avait travaillé très dur, jour et nuit, obtenant son diplôme de lycée en tant que major de promotion, son diplôme universitaire avec les plus grands honneurs, fréquentant la faculté de droit de l'Université de Chicago, et finalement épousant le fils de l'associé de son père — tout comme prévu.

Non pas qu'épouser David ait été aussi difficile que ses autres réalisations. De la même façon qu'elle avait grandi en sachant qu'elle irait à l'université, puis à la faculté de droit et rejoindrait le cabinet de son père, elle et David avaient grandi en sachant qu'un jour ils se marieraient et fonderaient leur propre famille. Ils avaient été une équipe aussi longtemps qu'elle pouvait s'en souvenir. Une bonne équipe. Bien sûr, son père n'avait jamais expliqué comment elle était censée remplir les deux côtés de cette dernière équation, associée au cabinet et mère.

— Tu te rends compte que tu peux faire tous ces arrangements sans vraiment aller au Texas ?

Dieu bénisse Susan, elle assurait ses arrières vingt-quatre heures sur vingt-quatre. Bien sûr, Catherine la taquinait toujours en disant que c'était uniquement parce qu'elle était probablement la première avocate depuis une décennie à ne pas s'intéresser à sa silhouette de sablier. Susan avait probablement été embauchée pour son physique, et à plus de quarante ans, elle était renversante selon les critères de n'importe qui, mais Catherine appréciait surtout son intelligence. Chaque minute de chaque jour.

— Je dois y aller. Je lui dois au moins ça.

— Au moins, le juge Albanese t'aime bien. Ce ne sera probablement pas très difficile d'obtenir un report.

— Pas de report.

Catherine secoua la tête et fixa l'écran. Le sourire de son grand-père la hantait déjà.

— Oh, bien. Tu as retrouvé la raison.

Le sourire éclatant qui envahit le visage de Susan ne rendait pas plus facile pour Catherine de terminer sa phrase. Elle ressentait un étrange besoin de plaire à son assistante de la même manière qu'à son père.

— Nous allons réaffecter l'affaire. Je prendrai le reste de la semaine pour mettre…

Elle regarda par la fenêtre un moment, passant en revue les noms des associés juniors dans son esprit, puis sourit.

— Connie à niveau. Si elle a le talent que je pense qu'elle a, elle est prête pour le premier rôle. Cette affaire fera sa carrière.

— Et brisera la tienne.

Susan resserra sa prise sur les dossiers.

— As-tu perdu l'esprit ?

— Non.

Catherine repoussa sa chaise du bureau.

— Je viens peut-être juste de le retrouver.

CHAPITRE TROIS

Pour la première fois en une décennie, encadrant sa dernière rotation de travail, Connor avait partagé deux dîners dominicaux avec sa famille en seulement un mois.

— Passe-moi la purée à l'ail, s'il te plaît.

Meg Farraday, la nouvelle belle-sœur de Connor grâce à son frère Adam, tendit ses deux mains vers sa tante Eileen assise à côté d'elle.

Connor était rentré de la plateforme pétrolière depuis presque cinq jours et personne n'en savait plus sur le sort du ranch Brennan qu'au moment où son père avait appelé une semaine plus tôt.

— Alors c'est ça ? demanda Meg en déposant une cuillerée de purée sur son assiette tout en s'adressant à Connor. Tu es rentré pour de bon.

— Il était temps, dit Sean Farraday, ne laissant pas à son fils le temps de répondre. D.J., passe-moi les petits pains, s'il te plaît.

D.J., plus jeune que Connor de deux ans, avait également rejoint les Marines directement après l'école, fait son temps, et était revenu au bercail, avec un bref détour à Dallas sur son chemin pour devenir chef de la police de Tuckers Bluff.

— Tiens.

— Qu'est-ce que la banque a dit ?

Finn, le frère cadet, enfourna une fourchette pleine de gratin de haricots verts dans sa bouche.

— Tout est en ordre. Mais pour fournir une lettre de crédit, ils doivent faire plus de paperasse. Selon un ami à moi, plus le dossier est épais, plus les assureurs sont contents. Je compte leur donner tous les papiers qu'ils voudront si ça me permet d'obtenir ce dont j'ai besoin pour enfin lancer Capaill Stables.

— Alors tu restes même si la gamine ne te vend pas la propriété des Brennan ? demanda Finn entre deux bouchées.

N'était-ce pas là la question magique. Que diable Connor allait-il faire si la petite-fille ne voulait pas honorer le marché qu'il avait conclu avec le vieux Brennan ?

Meg s'essuya la bouche et remit sa serviette sur ses genoux.

— Je ne vois pas pourquoi elle ne vendrait pas.

— Elle a raison, dit Brooks, le médecin de la famille, en désignant la femme d'Adam. Nous savons que la petite-fille est avocate dans l'un des cabinets les plus prestigieux de Chicago et qu'elle n'est pas revenue voir son grand-père depuis plus de vingt ans.

— Vingt-cinq, intervint Connor.

— Plus de vingt-cinq ans, répéta Brooks. Je ne vois pas pourquoi elle trouverait une raison de ne pas honorer l'accord.

Le problème, tel qu'il le voyait, était double. D'abord, elle pourrait n'avoir aucun intérêt à porter la note pour le solde du prix de vente comme le vieux Brennan l'avait fait. L'autre problème était qu'elle pourrait tout simplement vouloir…

— Plus d'argent, marmonna Connor, faisant de son mieux pour ne pas régurgiter son repas. Les gens comme elle sont toujours motivés par l'argent.

— C'est l'hôpital qui se moque de la charité, marmonna Finn à l'autre bout de la table.

— C'est différent et tu le sais. Monter mon propre haras n'est pas donné. J'ai travaillé pour me constituer un capital, pas parce que je suis cupide.

— Qui dit qu'elle l'est ? intervint tante Eileen.

Tous les yeux se tournèrent vers la matriarche de la famille.

— Il y a une raison, répondit Connor, pour laquelle les avocats sont stéréotypés comme des parasites suceurs de sang.

— Donc…

Tante Eileen croisa les bras.

— Tu es en train de dire que ta petite sœur est une sangsue avide d'argent ?

Il fallait qu'elle mentionne que la benjamine du clan Farraday, et la seule fille, était sur le point d'obtenir son diplôme dans l'une des meilleures facultés de droit du pays.

— Il y a toujours une ou deux exceptions à la règle.

— Et peut-être, dit Eileen sans décroiser les bras, que la petite-fille de Ralph est aussi une exception.

— Hmm.

Ce fut le seul son que Connor put émettre. Il n'y avait aucun intérêt à argumenter. Sa tante avait raison. Personne n'avait la moindre idée de ce que cette citadine avait en tête, mais il était sûr d'une chose — il était rentré pour de bon. Il lui restait juste à déterminer où diable ce foyer allait se trouver.

Qu'est-ce qui avait bien pu faire croire à Catherine que traverser l'ouest du Texas en voiture constituerait un road trip amusant ? Plus elle s'approchait de Tuckers Bluff, plus les souvenirs du ranch remontaient à la surface de son esprit. Quand elle traversa la ville, les images étaient devenues plus nettes et maintenant, en passant sous le B en fer forgé au-dessus de l'entrée, elle s'attendait presque à voir sa grand-mère assise sur le porche en train d'écosser des petits pois.

— Je me demande si grand-père a entretenu le jardin ?

Attachée dans son rehausseur, Stacey fixait intensément par la fenêtre, serrant son chien en peluche à deux mains.

— Nous sommes presque à la maison, ma puce.

Stacey ne répondit pas.

Catherine ne s'y attendait pas. Apercevant le chêne solitaire dans la cour avant, ses joues se relevèrent légèrement. La balançoire en pneu était toujours là. Après toutes ces années, le pneu était toujours là.

— Quand j'étais petite, je pouvais jouer sur cette balançoire là-bas pendant des heures.

Dans le rétroviseur, Catherine crut voir une étincelle d'intérêt dans les yeux de sa fille. La réponse pourrait-elle être aussi simple qu'une vieille balançoire en pneu au milieu de nulle part ? Mais aussi vite que ses yeux avaient brillé, le même regard vide qui lui faisait face depuis si longtemps réapparut.

Garée devant la vieille maison aux lattes blanches, Catherine s'était dit de ne pas s'attendre à trouver les choses dans le même état, et pourtant tout semblait exactement comme dans son souvenir. Son grand-père avait vraiment bien pris soin de l'endroit. Un coup d'œil par-dessus son épaule lui permit de voir sa petite fille observer les alentours avec beaucoup d'intérêt. Peut-être que c'était quelque chose.

— On ferait mieux d'entrer. Tu es prête ?

Stacey cligna des yeux, mais au moins elle tourna son attention vers le visage de sa mère. Encore une fois, petit à petit. Un avantage d'avoir un enfant indifférent au monde qui l'entoure était que le déchargement de la voiture serait rapide. Pas de bavardage constant avec un million de questions. Pas d'enfant tirant sur son bras pour aller jouer, pour explorer. Pas besoin de se précipiter pour trouver sa chambre et supplier pour un compagnon de jeu. Fermant les yeux, Catherine retint ses larmes. Elle aurait donné n'importe quoi pour un seul mot de Stacey.

À l'intérieur, la maison sentait les roses et la cannelle. En inspirant profondément, les parfums familiers firent remonter une nouvelle vague de souvenirs. La maison remplie de l'arôme des tartes fraîchement cuites, des confitures maison et du pain cuit dans des boîtes de café était un événement quotidien lors de ses brèves visites avec sa mère. Les jours où Memah ne cuisinait pas, la maison sentait la cannelle.

— Viens, Stacey.

La cuisine était une des pièces que Catherine se serait attendue à voir rénovée, mais elle était presque sûre que rien n'avait changé là depuis avant la naissance de sa mère.

— Assieds-toi à la table et prends une petite collation pendant que je décharge la voiture.

Stacey grimpa sur la chaise Windsor au bout de la table en chêne usée, serrant toujours son chien en peluche contre elle.

Il ne fallut que quelques secondes pour retrouver les assiettes et les serviettes. Elles étaient toujours au même endroit que lorsqu'elle venait en visite étant enfant avec sa mère — probablement à peu près au même âge que Stacey aujourd'hui. Ouvrant la petite glacière, elle sortit un sachet de pommes coupées et quelques biscuits graham.

— Voilà. Je reviens dans quelques minutes et puis…

Et puis quoi ? Submergée par un déluge de souvenirs, Catherine n'avait pas la moindre idée de ce qu'elle ferait après avoir apporté les bagages et les courses. Au lieu de réfléchir à la suite, elle se pencha et embrassa sa fille sur le sommet de ses boucles blondes. Au moins, Stacey ne tressaillait plus au moindre contact.

N'ayant acheté que quelques produits de base au magasin du coin, elle ne mit pas longtemps à tout ranger dans la cuisine. Elle fut même surprise de trouver le réfrigérateur déjà rempli de la plupart des choses qu'elle avait achetées, ainsi que des plats couverts avec des instructions de réchauffage collées dessus. Elle n'aurait certainement pas trouvé cela si son grand-père avait vécu à Chicago. Après un décès, oui. Mais un frigo fraîchement approvisionné ? Peu probable.

— Maintenant, les bagages.

Stacey grignotait lentement un biscuit graham, le regard fixé par la fenêtre.

— Je reviens tout de suite. Je vais monter nos sacs à l'étage. D'accord ?

Elle ne savait pas pourquoi elle demandait. Stacey ne parlait plus. Le moindre hochement de tête envoyait le cœur de Catherine s'envoler d'espoir, pour finalement être déçue. Elle poussa un soupir et secoua la tête.

— Trop de silence, murmura-t-elle.

La meilleure chose qu'elle pouvait faire était de dire un dernier au revoir à son grand-père, d'engager quelqu'un pour l'aider à se débarrasser des affaires, et de retourner à Chicago où elle pourrait se perdre dans son travail et oublier tout ce qu'elle ne voulait pas se rappeler. Un dernier regard sur le passé qui se refermait sur elle, et elle se demanda si Susan n'avait pas raison. Peut-être qu'après tout ce qu'elle avait traversé, elle avait simplement, et sans équivoque, perdu la tête.

L'avantage des journées qui rallongent avec la promesse de l'été, c'était de profiter de l'air du soir après le dîner. La tête de Connor était sur le point d'exploser à force de tourner en rond avec tous les « et si » évoqués à table. Il se souvenait encore des mots de sa mère : « Si ma mère avait des roues, ce serait une voiture. » Impossible de contester. Même s'il lui avait fallu du temps pour comprendre.

Pharaoh renifla et ralentit jusqu'à s'arrêter, les oreilles dressées. Le regard de Connor balaya immédiatement l'horizon pour repérer ce qui avait attiré son attention.

— Qu'est-ce que…

Juste de ce côté de la vieille clôture à la limite de la propriété Brennan, une silhouette floue se déplaçait dans le champ. Voir un coyote, ou même un loup, n'avait rien d'inhabituel sur les terres d'un ranch, mais la petite silhouette blonde et colorée qui courait après la créature à quatre pattes n'était absolument pas normale sur les terres des Farraday.

Cliquetant doucement, et avec une légère pression de ses talons dans le flanc de Pharaoh, Connor s'élança, des visions d'un loup affamé mutilant la petite le poussant, lui et son cheval, à se déplacer aussi vite que possible. Traversant le pâturage au galop, il tenta de sortir son téléphone de sa poche. Toutes les prières qu'il connaissait lui vinrent aux lèvres en voyant la petite silhouette blonde se rapprocher de la bête, qui avait maintenant ralenti pour se contenter de marcher. Merde.

Assez proche pour être certain de ne pas avoir perdu la

raison et confirmer que l'apparition blonde était bien un enfant, Connor ralentit à distance de sécurité et glissa au sol avant que Pharaoh ne s'arrête complètement. Il devait maintenant trouver comment la mettre en sécurité. Se rapprochant lentement pour éviter d'effrayer l'enfant ou ce qu'il distinguait désormais comme un chien grognant, Connor baissa la voix.

— Salut. Je parie que tu es loin de chez toi.

La petite fille sembla regarder au-delà de lui un instant avant de faire un pas de plus vers le chien, qui s'était maintenant assis. Les dents toujours visibles, le fait que le canin ne soit plus en position d'attaque ne rassura pas Connor. Pourtant, il lui sembla que l'animal était davantage préoccupé par lui que par la fillette.

— Bon chien, murmura-t-il.

Puis, ralentissant encore, il se tourna vers la petite fille.

— Ma chérie, viens ici avec moi, et on va te ramener chez toi.

La petite pencha légèrement la tête, comme si elle pesait le pour et le contre, puis se redressa. Une lueur passa dans ses yeux et elle se mit à courir, réduisant la distance entre elle et le chien.

Oh mon Dieu.

Connor se lança en avant à toute vitesse, calculant à chaque pas les dégâts que ces crocs pourraient infliger avant qu'il ne l'atteigne.

Ce ne fut que lorsque les bras frêles de l'enfant s'enroulèrent autour du cou du chien errant qu'il réalisa que les crocs n'étaient pas dirigés vers elle… mais vers lui.

Lorsqu'il parvint à s'arrêter, le chien était sur ses quatre pattes, tête basse, poils hérissés, grognant férocement. Cette fois, il était clairement prêt à attaquer.

Connor sortit son téléphone et appela la maison.

— Allô ?

— Je suis dans le pâturage nord, juste de ce côté de la clôture des Brennan, près du vieux sentier, et je suis face à un chien qui grogne et une petite fille.

— Une petite quoi ? dit Finn.

— Tu m'as entendu. Prends un fusil et viens ici tout de

suite. Et ne l'effraie pas.

Sans attendre de réponse, Connor remit le téléphone dans sa poche et fit un pas en avant. Le grondement du chien monta d'un cran.

— Tout va bien, mon gars.

Mains basses, Connor recula d'un pas. Tant que le chien restait concentré sur lui, la petite fille ne risquait rien.

— Stacey ! cria une voix paniquée à sa droite. Stacey !

Il aperçut une silhouette élancée courir à travers le champ.

— Ralentissez, lança-t-il.

— Stacey ! cria-t-elle encore.

En voyant le chien, son visage pâlit et ses mains se levèrent pour couvrir sa bouche.

— Madame, doucement. De l'aide arrive.

Cette fois, elle sembla l'entendre et ralentit, les yeux passant de Connor à sa fille.

— Ma chérie, viens ici. Laisse le chien et viens vers maman.

Un léger soulagement l'envahit quand le chien, toujours grognant, s'assit.

— Stacey, bébé…

La voix de la femme tremblait.

— Lâche le chien.

À ces mots, le chien se tut. Intéressant.

— Madame, continuez à parler. Votre voix semble le distraire. Je vais m'approcher.

— Ne le laissez pas lui faire du mal, dit-elle d'une voix tremblante.

Connor hocha la tête et fit un pas prudent. Le chien le fixa, mais ne bougea pas.

— Soyez prudent, murmura-t-elle.

Il sentait sa peur comme une chaleur étouffante.

— Appelez-la encore, dit-il.

À genoux, bras tendus, elle répéta :

— Stacey, viens vers maman, chérie.

Le chien s'allongea légèrement contre la fillette. Connor fronça les sourcils. Comprenait-il qu'il s'agissait de sa mère ?

— Bon chien. Viens ici.

À sa grande surprise, le chien se leva et vint vers lui.

— Eh bien…

— Oh, mon bébé !

La fillette courait déjà après le chien, maintenant assis devant Connor, la langue pendante.

— Alors, tu es un protecteur, hein ?

Connor lui gratta l'oreille tandis que la petite fille se jetait sur lui.

La mère arriva, en larmes.

— Merci. Merci infiniment.

Elle embrassa sa fille encore et encore, puis, sans prévenir, se jeta dans les bras de Connor, faisant tomber son chapeau.

— Merci beaucoup.

— Je… euh…

Instinctivement, il l'entoura de ses bras, avant de se rappeler où il était. Se dégageant rapidement, il inspira profondément.

Elle se recula et reprit sa fille dans ses bras.

Rousse. Longues jambes.

Il ne pouvait détacher son regard d'elle.

La petite fille s'échappa à nouveau et se blottit contre le chien.

Connor remit son chapeau et se força à revenir à la réalité.

— Je… je ne comprends pas, murmura la femme.

— Moi non plus, madame.

Tenant toujours le chien, Connor plongea son regard dans le sien.

— Vous êtes folle ?

CHAPITRE QUATRE

Rien de tout cela n'avait de sens pour Catherine. Stacey ne s'éloignait jamais comme ça. Elle jouait avec ses jouets, regardait un peu la télé et, parfois, bidouillait le téléphone ou la tablette de Catherine. Courir après des chiens et sourire à des inconnus — même beaux — n'était tout simplement pas dans ses habitudes. Plus maintenant.

— Ce n'est pas prudent de laisser des enfants courir sur les pâturages des autres. Vous avez fichrement, euh… vraiment de la chance qu'on n'ait pas eu de bétail ou de chevaux en train de paître ici aujourd'hui.

L'homme la fixait, ses mains passant le long du cou du chien et lui grattant le dessous du menton.

Les chiens avaient-ils des mentons ?

— Elle a dû voir votre chien depuis la fenêtre de la cuisine. Elle l'a suivi.

La panique de ne pas avoir trouvé Stacey dans la cuisine commençait à s'estomper lentement et, à sa place, une fureur pure montait face au danger dans lequel sa fille aurait pu se retrouver. Tout ça à cause d'un chien sans laisse. Se redressant de toute sa hauteur, Catherine se tourna vers le cow-boy séduisant.

— Vous ne devriez vraiment pas laisser un animal dangereux se promener en liberté.

— Il n'a pas l'air si dangereux que ça maintenant.

Le cow-boy continua de caresser le chien.

— Et ce n'est pas mon chien.

Le gros animal poilu posa une patte sur la jambe de l'inconnu, et Catherine haussa un sourcil.

— On pourrait croire que si.

Le martèlement des sabots fit vibrer le sol sous ses pieds. En levant les yeux, elle vit deux chevaux foncer droit sur eux et, comme dans un vieux western, les cavaliers sautèrent en marche et coururent vers le cow-boy accroupi.

— C'est ça, l'animal dangereux ?

Le plus jeune des deux hommes qui approchaient glissa une paire de gants dans sa poche arrière et, en riant, se posta derrière l'autre cow-boy.

— La ferme, Finn.

Le plus grand des deux nouveaux arrivants semblait très concentré sur le chien, ses yeux parcourant rapidement l'animal de la tête aux pieds.

— C'est encore lui.

— Encore ? demanda le cow-boy qui caressait toujours le chien.

L'homme grand comme un palmier répondit :

— Celui qui a coincé le mari de Toni.

Ça ne présageait rien de bon. Si Catherine n'avait pas vu l'animal montrer les crocs de ses propres yeux, elle n'aurait jamais cru que le chien maintenant blotti contre sa fille pouvait être méchant avec qui que ce soit. Les bonnes manières reprirent soudain le dessus. Elle réglerait tout ça après s'être présentée. Tendant la main vers l'homme le plus grand, elle dit :

— Je suis Catherine Hammond.

Les deux hommes arrivés à cheval hochèrent la tête et soulevèrent leurs chapeaux. Elle supposa que c'était l'équivalent texan d'une poignée de main.

Comme elle ne baissait pas la main, le plus grand fut le premier à la serrer.

— Adam Farraday. Enchanté de faire votre connaissance.

De derrière lui, le plus jeune fit de même.

— Finnegan Farraday, madame.

Toujours accroupi près du chien, l'homme qui la prenait pour une folle se contenta de la fixer de ses yeux bleu perçant, qui contrastaient vivement avec sa peau hâlée par le soleil. La différence entre gagner son bronzage à la dure au ranch et le payer. Ce n'est que lorsqu'Adam lui donna un léger coup de pied qu'il parla :

— Connor Farraday.

Elle se souvenait que le ranch voisin avait des garçons. Un vague souvenir que l'un d'eux avait été plutôt gentil avec elle lui effleura l'esprit, mais pour l'essentiel, elle se rappelait surtout avoir détesté le ranch, les chevaux et les garçons qui se moquaient impitoyablement d'elle parce qu'elle ne savait rien faire.

Se redressant, le cow-boy aux yeux bleu vif garda la main posée sur la tête du chien.

— Vous êtes la petite-fille de Ralph ?

— Oui.

— Nous sommes désolés pour votre perte.

Le plus grand ôta son chapeau et le plus jeune fit de même, inclinant la tête.

— Merci pour votre aide.

Catherine ne savait pas quoi dire d'autre. Pendant la plus grande partie de sa vie, elle avait cru que ses grands-parents étaient déjà morts.

— Viens, ma puce.

Au lieu de suivre sa mère, Stacey s'agrippa au vieux chien miteux. La joue posée sur son dos, elle regardait au loin, vers les chevaux.

— Ma puce, il faut rendre ce chien à ce monsieur.

— Ce n'est pas—

Catherine coupa le sauveteur de sa fille d'un regard qui aurait fait taire un juge de la Cour suprême. Heureusement pour lui, le cow-boy comprit immédiatement.

— Nous devons y aller, répéta-t-elle plus fermement.

Se penchant, elle dégagea les bras de Stacey du chien et hissa sa fille sur sa hanche. Après presque deux ans de silence quasi total et d'obéissance passive, une crise de colère aurait presque été la bienvenue. Au lieu de cela, Stacey posa simplement sa joue contre l'épaule de sa mère et se blottit contre elle.

— Faites-nous savoir si vous avez besoin de quoi que ce soit, lança le plus grand, Adam, alors qu'elle s'éloignait.

— Merci.

C'étaient les seuls mots qu'elle put dire. Le genre

d'aide dont elle avait besoin, personne ne pouvait le lui apporter.

Connor et ses frères suivirent du regard leur nouvelle voisine tandis qu'elle emmenait la petite fille.

— C'est une longue marche jusqu'à la maison des Brennan, dit Finn en sortant ses gants de sa poche.

— Elle ne m'a pas donné l'impression de vouloir attendre pendant que l'un de nous allait chercher un quad, répondit Adam en observant la femme ouvrir le vieux portail et passer de l'autre côté. Je me demande ce qui ne va pas avec la petite.

La même pensée venait de traverser l'esprit de Connor. Il n'avait pas remarqué immédiatement le silence de la fillette. D'abord, il avait été furieux contre cette femme d'avoir laissé son enfant s'aventurer dans un endroit inconnu, surtout une gamine de la ville qui n'avait aucune idée des dangers que représentent les animaux de ranch, ne serait-ce que par leur taille. Puis il avait été déstabilisé par la vague de chaleur provoquée par sa proximité. Une fois repris, il était revenu à sa colère de la voir si mal surveiller cette adorable enfant.

— Tu penses qu'elle est juste timide ? demanda Finn en se tournant vers son cheval. Où est-il passé ?

Détournant les yeux du pâturage vide, Connor montra du doigt le cheval.

— Il est là.

— Pas Ace. Le chien.

Adam et Connor pivotèrent tous les deux, scrutant à gauche puis à droite.

— Bon sang…

Les mains en visière, Adam balaya de nouveau l'horizon.

— C'est forcément le même chien. Il a encore fait le coup.

— Fait quoi ? Connor avait clairement raté un épisode

avec ce chien.

— Disparu.

Adam secoua la tête.

— Il faisait trop sombre pour bien le voir sur la route le matin où j'ai trouvé Meg en panne près du ranch Thomas, mais il ressemble vraiment au chien qui avait coincé le mari de Toni, ce sale type.

— Ouais, eh bien, s'il était aussi protecteur avec Toni qu'il vient de l'être avec Stacey, alors pour moi, c'est le même chien, dit Connor en ajustant son chapeau.

— Ce que je ne comprends pas, reprit Adam en pivotant encore, c'est d'où sort cet animal. À qui il appartient.

— Encore une de ces questions pour le ciel, dit Finn en posant le pied dans l'étrier et en se hissant sur son cheval.

Installé en selle, il tira sur les rênes.

— À tout à l'heure à la maison. Tante Eileen va vouloir savoir que la petite-fille de Ralph est arrivée.

Adam fit avancer son cheval.

— Je suis surpris que tu n'aies rien dit à propos de l'achat du ranch.

— Ce n'était pas le moment.

La vérité, c'est que l'idée d'acheter le ranch voisin ne lui avait même pas effleuré l'esprit. La montée d'adrénaline déclenchée par la vue d'un chien potentiellement dangereux et d'une enfant innocente avait balayé toutes ses pensées, sauf une : la sauver. Même si, visiblement, elle n'en avait pas besoin.

Et il ne voulait même pas penser à ce qui lui avait traversé l'esprit quand elle s'était jetée dans ses bras.

Surtout pas.

Cette étincelle n'était rien d'autre qu'une réaction chimique. Cela faisait un moment qu'il n'avait pas été en compagnie d'une femme. Il n'y avait rien de spécial chez celle-ci. Rien du tout.

— Tu es toujours avec nous ? demanda Adam depuis son cheval. Tu comptes camper ici ou rentrer ?

— À la maison, marmonna Connor en se dirigeant vers Pharaoh.

Maintenant qu'il savait à qui il avait affaire, il était temps de voir ce qui l'attendait.

CHAPITRE CINQ

— Quatre dames. Lisez et pleurez.

Eileen Callahan étala ses cartes sur la table. Dès que le Club social des dames de Tuckers Bluff avait appris que la petite-fille de Ralph Brennan était revenue en ville, une partie de poker du lundi matin avait été organisée.

Sally May jeta ses cartes avec un gémissement.

— Même avec Nora qui manque une partie en semaine à cause du travail, je n'arrive pas à prendre la main. Ça fait trois semaines de suite que tu es sur une lancée gagnante.

— Et me voilà plus riche de quatre dollars et vingt cents en argent fictif.

Eileen empila ses jetons devant elle. Elles jouaient au poker à un centime depuis presque aussi longtemps qu'elle vivait à Tuckers Bluff. Utiliser des jetons colorés leur donnait l'impression d'être des joueuses professionnelles, mais personne n'allait s'enrichir ni se ruiner en jouant aux cartes au Silver Spur Café.

— Je ne suis pas surprise que cette enfant soit devenue une beauté, dit Ruth Ann en distribuant les cartes, ramenant la conversation à la raison de leur réunion. Je me souviens que Catherine était une petite adorable. Marjorie était si fière d'elle. La petite a hérité du sourire de Marjorie par sa mère.

— Est-elle toujours rousse ? demanda Sally May.

Eileen haussa les épaules.

— Si tu veux dire rousse flamboyante comme Meg, non. Plutôt auburn. Certainement pas brune. De jolis reflets roux. Ça me fait penser à une robe alezane.

— Exactement ce que toute femme rêve d'entendre, être comparée à un cheval.

Ruth Ann jeta un jeton dans le pot.

— Je suis.

— Et elle ne t'a donné aucun indice sur ce qu'elle fait ici ou combien de temps elle compte rester ? demanda Sally May.

— Non.

Eileen posa sa mise.

— On n'a parlé que quelques minutes après que j'ai déposé la tarte…

Dorothy leva les yeux de ses cartes.

— Myrtille à la crème fraîche ?

— Non, rit Eileen. Tu sais que quand j'en fais, tu en reçois toujours une. C'était aux pommes avec crumble.

Dorothy reporta son attention sur ses cartes avec un sourire.

— Je vérifie juste.

— Donc, tout ce qu'on sait, dit Ruth Ann en posant deux cartes sur la table, c'est qu'elle est jolie, qu'elle a une petite fille et qu'elle est fatiguée après un long voyage depuis Chicago ?

— Pas beaucoup plus que ce qu'on savait déjà quand Andy a annoncé qu'il avait reçu instruction de retarder les funérailles jusqu'à l'arrivée de la petite-fille.

Dorothy se défaussa de trois cartes.

— Je ne pense pas qu'elle sache encore ce qu'elle va faire, dit Eileen en glissant ses nouvelles cartes dans sa main une à une. J'ai mentionné que j'avais accepté d'aider Ralph à se débarrasser des affaires de Marjorie et que je serais ravie de m'en charger.

— Qu'a-t-elle répondu ? demanda Sally May.

— Qu'elle me tiendrait au courant.

— Ça ressemble à un non poli, dit Dorothy en retenant un sourire.

Eileen secoua la tête.

— Je ne crois pas. Elle était encore très secouée après que la petite Stacey a couru sur notre propriété en poursuivant ce chien errant.

Ruth Ann et Sally May rapprochèrent leurs cartes de leur poitrine et fixèrent Eileen comme deux statues jumelles. Dorothy plia ses cartes et posa une main sur sa hanche.

— Tu attends maintenant pour nous dire qu'il y a une meute de chiens sauvages dans les environs ?

— Pas une meute. Un seul. Et pas ce genre de sauvage.

Eileen souffla.

— D'après les garçons, il était très protecteur envers la petite, grognant contre Connor et ne quittant pas Stacey jusqu'à l'arrivée de sa mère.

— On dirait qu'il ferait un bon chien de ranch, dit Sally May en reprenant l'étude de ses cartes. Il a juste besoin d'une famille pour l'aimer.

Réorganisant ses cartes, Eileen secoua la tête.

— Non. Celui-là est un solitaire. Il disparaît aussi vite qu'il apparaît.

— Tu l'as déjà vu avant ?

— Le même qui a coincé le crétin de mari de Toni.

— Gentil chien.

Sally May jeta un jeton dans le pot.

— Je mise cinq.

— En parlant de maris problématiques, dit Ruth Ann en regardant les autres par-dessus ses cartes. Avez-vous remarqué ce qui se passe avec Charlotte et Jake Thomas ?

Eileen garda les yeux sur ses cartes. Elle avait promis à Brooks et à Adam, après les avoir entendus parler de la situation, de ne pas répandre de ragots. Mais elle n'avait pas promis de ne pas écouter.

— Tu parles du poignet cassé ? demanda Dorothy.

— Peut-être.

Fronçant les sourcils, Ruth Ann réorganisa ses cartes.

— Burt Larson dit que le jeune Jake s'est emporté contre Charlotte dans la boutique d'alimentation hier, qu'elle s'est faite toute petite, et que Jake est parti dans l'arrière-boutique juste avant que Burt n'intervienne.

— Je me demande si ça explique pourquoi D.J. passe plus souvent que d'habitude à la boutique d'alimentation, dit Sally May.

— Je passe.

Ruth Ann posa ses cartes.

— Je ne sais pas. Mme Peabody racontait au Cut and Curl que, lorsqu'elle était venue acheter des graines pour ses mangeoires à oiseaux, Jake s'en est pris à Jim Brady. Sa femme a dû intervenir et terminer la vente pendant qu'il partait derrière pour se calmer.

Eileen posa ses cartes.

— Il s'en est pris à un client ?

— Tess Rankin se faisait coiffer ce jour-là et a dit que la même chose lui était arrivée. Jake semblait perdu avec la commande de son mari, puis il s'est emporté contre elle comme si c'était de sa faute s'il ne savait pas ce qu'il faisait. Elle a dit que ça devait arriver. Aucun descendant du vieux Thomas ne pouvait rester gentil éternellement.

— Je pense, dit Dorothy en jetant un jeton de cinq dans le pot, que nous devons renforcer le comité d'accueil. Garder un œil sur Charlotte Thomas. On ne peut pas être de ceux qui voient que quelque chose ne va pas et ne font rien.

Et ce n'était pas faux. Mais d'après ce que Brooks avait dit à Eileen le jour où il avait soigné le poignet de Charlotte, la femme insistait sur le fait que son mari était un homme gentil et aimant. Comment aider quelqu'un aveuglé par l'amour ?

Levée avant l'aube pour aider Finn aux travaux du ranch, Connor avait passé la majeure partie de la journée à évacuer sa frustration en travaillant. Il aimait travailler la terre avec sa famille, mais il vivait pour travailler avec les chevaux. Quiconque avait passé un peu de temps avec ces bêtes puissantes au cœur tendre comprenait ce qu'il ressentait. Il connaissait plusieurs personnes qui seraient ravies de lui vendre la superficie dont il avait besoin pour réaliser son projet. Sinon dans ce comté, alors dans le suivant. Mais ce ne serait pas des terres Farraday d'origine.

L'attrait du terrain voisin, c'était sa proximité avec sa famille. Même s'il ne pensait pas se marier ni fonder une famille maintenant, il avait toujours été entendu qu'un jour, comme Adam, tous les frères trouveraient la bonne personne et s'installeraient. Connor achetant une partie du ranch Brennan pour son élevage de quarter horses et Finn récupérant le reste pour la Farraday Cattle Company avait du sens. Apprendre récemment que les terres Brennan avaient autrefois appartenu aux Farraday rendait cela presque providentiel.

Se ressaisir et contacter Catherine Hammond était le meilleur moyen de savoir où il en était et d'arrêter de tourner en rond. Arrivant devant l'ancienne maison Brennan, Connor mit pied à terre et laissa tomber les rênes, laissant Pharaoh immobile sous le chêne pour profiter de l'ombre. Il ne faisait pas face à un peloton d'exécution. Redressant les épaules, il fit un pas en avant au moment où la porte d'entrée s'ouvrit en grinçant.

La petite fille dans l'embrasure était mignonne comme tout. À chacun de ses pas hésitants, ses boucles blondes rebondissaient au soleil. La veille, il avait été davantage concentré sur le chien que sur la fillette. Puis sur la mère. Il n'était pas expert, mais il dirait que l'enfant avait quatre ou cinq ans. Pourtant, à cet âge-là, les enfants ne sont-ils pas censés parler sans arrêt ? Vêtue de collants foncés et d'une robe bleue fleurie, elle avait tout d'une petite citadine. Les enfants qu'il connaissait portaient des jeans et des bottes dès qu'ils savaient marcher. Les couleurs faisaient ressortir le bleu vif de ses yeux — les mêmes que ceux de sa mère.

Arrivé devant elle, il s'accroupit pour ne pas l'impressionner par sa taille. Les enfants n'étaient pas son point fort, mais aucun Farraday n'avait traversé des années de repas communautaires sans apprendre à s'y prendre avec eux.

— Bonjour encore. Tu te souviens de moi ?

Contrairement à la veille, la petite hocha la tête, ce qu'il prit comme un bon signe. Peut-être que la conversation avec sa mère serait meilleure aujourd'hui. Presque aussitôt, son regard glissa derrière lui vers Pharaoh qui broutait le peu d'herbe disponible.

— Tu aimes les chevaux ?

La petite ne répondit pas. Elle se contenta de faire un

pas de côté et de se diriger vers le cheval.

Se redressant, Connor lui tendit la main.

— Si tu veux approcher un cheval de ranch, tu dois tenir ma main. Ça te va ?

Elle ne répondit pas, mais accepta sa main.

Même en sachant qu'elle n'était qu'une enfant, la petitesse de sa main dans la sienne le surprit et fit naître en lui un élan protecteur. Cette petite n'avait clairement pas hérité de sa mère en ce qui concernait les chevaux. Sans la moindre peur, elle le tirait presque en avant.

Arrivés près de Pharaoh, Connor ralentit.

— D'accord, ma puce, je vais te soulever pour que tu puisses atteindre sa tête. Ça te va ?

La tête blonde hocha vivement et Connor sourit. Elle était peut-être timide, mais elle aimait les chevaux — et ça, pour lui, c'était essentiel. Il la souleva avec son bras gauche et s'arrêta devant Pharaoh.

— Voilà comment faire. On approche toujours un cheval par ici pour qu'il puisse te voir. Contrairement aux humains, leurs yeux sont sur les côtés de la tête. Tu ne veux pas lui faire peur en arrivant de face. Tu comprends ?

Elle hocha la tête.

— Bien.

Il passa la main le long de la tête de Pharaoh.

— Caresse-le doucement comme ça.

Sans hésiter, elle posa la main sur le visage du cheval, glissa le long de sa mâchoire, puis recommença.

Une vague de satisfaction remplit Connor, semblable à la fierté qu'il avait ressentie lorsque sa sœur Grace avait remporté un prix avec un cheval qu'il avait élevé.

— C'est parfait.

Stacey baissa la tête pour regarder sa main. Le nez doux de Pharaoh se posa contre sa paume, ses moustaches la chatouillant. Un petit sourire hésitant apparut, puis elle se jeta en avant et entoura le cou du cheval de ses bras.

Connor écarta les pieds pour garder l'équilibre et resserra sa prise.

— Doucement. On ne veut pas lui faire peur.

Mais cela n'avait pas d'importance. Pharaoh continuait

à se frotter contre elle, ravi de cette attention.

— Eh bien, je vais…

— Qu'est-ce que vous faites !

La voix furieuse de Catherine résonna dans la cour.

CHAPITRE SIX

Deux fois en deux jours, c'était trop. D'abord un chien errant au tempérament difficile, et maintenant ça. Un cheval. Un fichu cheval capable de tuer. « Éloigne-toi de cet animal. » Catherine traversa la cour d'un pas vif, le cœur battant deux fois plus vite. Qui aurait cru que venir au Texas serait si dangereux pour sa fille. « S'il te plaît. »

Le cow-boy d'hier, Connor, fit un pas en arrière par réflexe mais, tout comme avec le chien la nuit dernière, Stacey avait les bras autour du cou d'un autre animal. Un cheval assez grand pour piétiner un homme adulte à mort.

— Allons voir ta maman, murmura doucement Connor à Stacey en tirant délicatement sur son coude.

Stacey retira lentement ses bras, son regard toujours fixé sur le cheval. Une fois de plus, Connor tenta de reculer et Stacey donna un dernier baiser au cheval, puis, souriante, passa ses bras autour du cou de Connor.

La vision inattendue d'une enfant presque heureuse priva Catherine de toute sa véhémence. Ses pas ralentirent, sa bouche devint sèche, et elle fut presque aveuglée par le sourire éclatant de sa fille. Presque deux ans sans un seul sourire et maintenant, pas un, mais deux grands sourires en moins de vingt-quatre heures. Ce que Catherine ne parvenait pas à déterminer, c'était si les sourires étaient pour les animaux ou pour le cow-boy.

Libéré de l'emprise de Stacey sur l'animal massif, Connor se tourna vers Catherine. Sa démarche était lente et assurée, et il marchait comme si porter une jeune enfant n'avait rien de nouveau pour lui. Étrangement, ce n'étaient ni les yeux bleus qui pétillaient vers elle, ni les muscles durement gagnés, ni les boucles sombres qui dépassaient de sous ce Stetson de chevalier blanc qui le rendaient sexy en diable. Ce qui le rendait cent fois plus séduisant que la veille, c'était l'immense sourire de sa petite fille, les bras joyeusement enroulés autour de son cou.

Face à face au milieu de la cour, Connor s'accroupit pour poser Stacey au sol.

— Nous ne voulions pas vous contrarier. Pharaon est aussi doux qu'on peut l'être. Stacey pourrait ramper entre ses jambes sans qu'il bouge. Elle serait parfaitement en sécurité.

Mais bien sûr. Catherine tendit le bras, main ouverte, appelant silencieusement sa fille à ses côtés, un peu surprise quand Stacey hésita un moment. Bien que, compte tenu de toutes les autres réactions étranges que ce cow-boy et ce pays de ranch avaient suscitées chez sa fille, cette hésitation n'aurait pas dû être une surprise du tout.

Sa fille bien calée à ses côtés, Catherine s'adressa à l'homme devant elle.

— Si vous êtes venu me réprimander à nouveau…

— Non, madame. Connor souleva son chapeau. — Pouvons-nous convenir de mettre les paroles d'hier sur le compte d'une inquiétude mutuelle pour Stacey ?

— Très bien. Elle pouvait accepter cela, même si cela ne tenait pas compte de la vague inattendue de sensations qui l'avait prise au dépourvu lorsqu'elle s'était retrouvée dans ses bras. — Merci d'avoir été là pour sauver ma fille.

— Avec le recul, je ne pense pas qu'elle ait jamais été vraiment en danger.

— Peut-être. Catherine acquiesça poliment, mais les crocs blancs du chien grondant étaient devenus une image constante dans son esprit. Une erreur, un faux mouvement, et elle aurait pu perdre son bébé, cette fois pour de bon. Mais ce n'était pas la faute de cet homme. C'était sa faute à elle pour avoir laissé Stacey sans surveillance dans la cuisine pendant qu'elle déchargeait la voiture. — Voulez-vous entrer prendre quelque chose à boire ? Votre tante m'a laissé suffisamment de nourriture et de boisson pour nourrir toute la ville.

Connor pouffa. Le rire lui allait bien.

— Merci. J'aimerais bien.

Ouvrant la marche, elle franchit le seuil et retint un souffle léger. Chaque fois qu'elle entrait dans la vieille maison du ranch, c'était comme si elle remontait le temps. Et chaque fois, c'était aussi saisissant que la précédente.

— Asseyez-vous où vous voulez. Je vais nous chercher un verre de limonade.

Elle balaya du bras la grande pièce qui servait à la fois de salle familiale et de salon.

— Pas besoin de vous donner tout ce mal. Un verre d'eau conviendra parfaitement.

— Ce n'est pas du tout un problème. Votre tante a laissé une carafe pleine. Je ne me souviens pas avoir déjà bu de la vraie limonade.

— Votre grand-mère faisait la meilleure limonade aux fraises de ce côté du Rio Grande.

Plutôt que de s'asseoir, il suivit Catherine dans la cuisine.

— Le printemps est une période chargée dans un ranch. Parfois, quand votre grand-père manquait de main-d'œuvre, papa nous amenait, nous les garçons, pour aider M. Brennan avec les tâches liées au bétail. Votre grand-mère nous récompensait toujours avec une double part de la tarte qu'elle avait préparée et un grand verre de limonade aux fraises. Elle plaisantait en disant qu'elle cachait un citronnier dans le grenier.

— J'aimerais avoir des souvenirs plus nets d'elle. En me promenant dans cette maison, je vois des images fugaces d'une femme. Des fragments de souvenirs qui ne se précisent pas tout à fait, mais dont je sais qu'ils seraient beaux.

Connor hocha la tête.

— Miss Marjorie était une femme gentille. Nous étions tous désolés quand elle est décédée.

— Savez-vous de quoi elle est morte ?

Chapeau à la main, Connor en fit tourner le bord entre ses doigts.

— J'étais jeune à l'époque, alors je ne sais pas

vraiment, mais certains disent que c'était d'un cœur brisé.

Catherine hocha la tête. Tout ce qu'elle savait de son grand-père, c'était que Memah s'était endormie un soir, peu après son soixante et onzième anniversaire, et ne s'était jamais réveillée. Il était presque ironique que ses deux grands-parents soient plus ou moins décédés de la même manière. Fermant les yeux pour ne plus jamais les rouvrir. Pas de douleur, pas de traumatisme, juste une fin paisible.

— Une chose qui me procure un peu de réconfort, c'est de savoir que la première chose que Grand-papa verra en ouvrant à nouveau les yeux, ce sera notre Seigneur, puis ma grand-mère. Je voyais bien qu'elle lui manquait encore.

— Tante Eileen a mentionné que vous aviez renoué avec M. Brennan.

Encore une fois, Catherine inclina la tête.

— Il était censé venir nous rendre visite. J'étais trop occupée pour venir ici.

Elle réprima un sourire amer.

— Je n'ai pas trouvé le temps de venir le voir pendant qu'il était encore en vie, mais me voilà quand il est trop tard.

— Je pense que ça le rendrait heureux de savoir que vous êtes ici.

— Je ne sais pas trop à quoi je m'attendais, mais je savais que je devais venir.

Cette fois, Connor hocha la tête. Il n'y avait pas grand-chose qu'il puisse dire à cela.

Stacey s'était déjà installée en bout de table avec un livre de coloriage et des crayons lorsque Catherine lui donna un verre de limonade, puis en posa un pour son invité avant de s'en servir un autre.

— Alors.

Elle s'assit à table en face de Connor.

— Qu'est-ce qui vous amène aujourd'hui ?

Soudain, lui demander ses intentions concernant la propriété après avoir parlé du décès de ses grands-parents ne semblait pas la meilleure idée que Connor ait jamais eue. Et pourtant, repousser cette conversation plus longtemps ne la rendrait pas plus facile, surtout qu'il ne savait pas combien de temps elle resterait.

— Que savez-vous des projets de votre grand-père pour cet endroit ?

— Je sais qu'il loue les pâturages à votre famille pour le pâturage du bétail.

Connor hocha la tête.

— C'est exact. Il nous a vendu son bétail quand Finn a terminé ses études et est venu travailler à plein temps au ranch familial. Quelques cow-boys sont venus avec lui.

— A-t-il dit pourquoi il a tout vendu ?

— Votre grand-père était un homme robuste jusque dans sa vieillesse, mais l'élevage est un travail difficile, même pour des jeunes hommes. Je pense qu'une fois qu'il n'a plus pu sortir pour enfoncer des poteaux de clôture ou maîtriser un veau rétif lui-même, il n'y avait plus de raison de continuer.

La femme fixait son verre intact.

— Saviez-vous que je les croyais morts ?

— Pardon ?

Il ne suivait pas. Ils étaient tous les deux partis.

— Quand maman est morte, j'avais six ans. Papa a essayé de m'expliquer ce qui s'était passé, mais à cet âge, on n'a aucune notion de la mort. Pendant très longtemps, je m'attendais à ce que maman rentre à la maison, même si papa avait dit qu'elle était partie au ciel. Je pensais que c'était comme partir au Texas et qu'elle pouvait revenir quand elle le voulait.

— Je suis désolé.

La douleur d'avoir perdu sa propre mère, à ce qui aurait dû être un moment si heureux pour les Farraday — la naissance de la petite fille tant attendue, celle avec qui sa mère était si impatiente de partager des choses de filles — le piquait aussi vivement maintenant qu'il y a vingt-cinq ans. Peut-être que grandir dans un ranch l'avait rendu plus apte à comprendre le cycle de la vie. Ils avaient perdu beaucoup d'animaux, et Connor avait trop bien compris, lorsque sa mère était morte, qu'elle ne prendrait pas l'avion pour rentrer à la maison.

— J'avais neuf ans quand ma mère est morte.

Catherine leva les yeux vers lui, son regard ferme, profond, compatissant.

— Je suis désolée pour votre perte.

Elle fit courir son doigt autour du bord de son verre.

— Vous vous souvenez beaucoup d'elle ?

— Oui.

Il sourit.

— Je m'en souviens. Pas autant qu'Adam. Il avait douze ans. Mais je me souviendrai toujours d'elle.

— Je me souviens de bribes d'images. Dans ma chambre, en train de lire avant de me coucher. Assise à sa coiffeuse, en train de mettre de la lotion. De la jolie musique quand elle jouait du piano.

— Ce sont de beaux souvenirs.

Elle acquiesça.

— Mais ils s'estompent de plus en plus. Je ne me souviens même plus vraiment de son visage. C'est plutôt comme un collage de couleurs. Cheveux foncés, peau claire, robe bleue.

— Vous avez sûrement des photographies ? Chacun de nous, les garçons, a pu choisir sa photo préférée de notre mère, puis papa les a mises dans des cadres qu'il pensait qu'elle aurait aimés et les a posées près de nos lits. Comme ça, quand nous disions bonne nuit, nous pouvions aussi dire bonne nuit à maman. Comme avant.

Catherine émit un petit bruit amer au fond de la gorge.

— Mon père a jeté toutes les photos de ma mère. Toutes ses affaires. Même ses bijoux ont été vendus.

— Il n'a rien gardé pour vous ?

Sa tête se balança lentement de droite à gauche.

— C'était comme si elle n'avait jamais existé.

— Est-ce que cela a un lien avec le fait que vous n'avez plus rendu visite à vos grands-parents ?

— D'après ce que j'ai compris de mon grand-père, oui. Après la mort de maman, papa nous a emmenées à Chicago et je n'ai plus jamais revu ni entendu parler des parents de maman. Je suppose que je pensais que, quand elle est morte, ils sont morts aussi.

— Le plan familial, marmonna-t-il pour lui-même.

— Je n'imagine pas la douleur de perdre une fille et, à toutes fins pratiques, une petite-fille aussi.

Catherine fixait la petite fille dont l'attention était rivée sur le papier griffonné.

L'ampleur des actions de son père lui apparut soudain. Elle n'avait pas choisi de ne pas venir ; elle ne savait pas qu'elle avait un endroit où aller. Et quant au vieux Brennan…

— Votre père ne leur a pas dit ce qui s'était passé, où vous étiez.

— Non.

Elle leva les yeux vers lui.

— Et deux personnes âgées ne savaient pas comment utiliser les moyens nécessaires pour comprendre pourquoi. Vous n'avez aucune idée à quel point j'ai été choquée de recevoir sa lettre.

Connor ne pouvait qu'imaginer.

— J'ai enfin retrouvé ce lien avec ma mère qui avait été coupé trop tôt, pour le perdre à nouveau.

Les mots « Je suis désolé » lui vinrent au bout de la langue, mais il les retint. Il était presque certain qu'elle ne voulait pas de sa pitié.

— Avez-vous déjà dîné, vous et Stacey ?

— Non.

Son regard se porta vers la vieille horloge de la cuisine au mur.

— J'ai décidé de commencer par le bureau de Grand-papa. Je n'avais pas réalisé qu'il était déjà presque l'heure.

— Parfait, alors. Tante Eileen prépare assez de nourriture pour nourrir une petite armée. Joignez-vous à nous pour le dîner ?

— Oh, je ne voudrais pas m'imposer. Votre tante m'a laissé plein de—

— S'il vous plaît, venez. Je pense qu'on ne peut pas passer trop de temps seul à remuer les souvenirs sans avoir besoin de la folie d'une famille irlandaise pour se rappeler que son propre monde est parfaitement sain.

Un soupçon de sourire effleura ses lèvres et Connor ressentit une bouffée de plaisir d'y avoir contribué. De plus, si elle devait lui dire qu'elle ne respecterait pas l'accord de son grand-père, il ne voulait pas l'entendre tout de suite.

CHAPITRE SEPT

— Elle arrive maintenant.

Connor attira sa tante dans ses bras et embrassa le sommet de sa tête. Eileen Callahan était une femme menue comparée à ses neveux. À peine plus petit qu'Adam et Brooks, Connor la dominait de toute sa hauteur et adorait la façon dont elle riait chaque fois qu'il la faisait tournoyer comme une ballerine avant de l'envelopper dans une étreinte digne du Texas.

— Je me suis dit que ça ne te dérangerait pas.

— Bien sûr que non.

Comme elle le faisait quand ils étaient enfants, elle lui tapota la joue, puis l'attira vers elle pour embrasser l'autre.

— Plus on est de fous, plus on rit. Et puis, même si elle s'est éloignée de la famille de sa mère, je vois bien la profonde peine que lui cause la perte de Ralph.

— Tu savais que son père l'avait coupée des Brennan après la mort de sa mère ?

Eileen secoua la tête.

— Non, mais je savais qu'il y avait quelque chose. Ralph n'aurait pas dit un mot méchant sur un serpent à sonnette, mais d'après le peu qu'il disait les rares fois où il ouvrait la bouche, j'avais l'impression que c'était quelque chose comme ça. Surtout qu'aucune femme qui aurait choisi d'ignorer ses grands-parents enfant et serait restée sans contact pendant des décennies n'enverrait soudainement à son grand-père une tablette pour faire des appels vidéo.

— Non. Je suppose que non.

Connor souleva le couvercle d'une marmite qui frémissait.

— Bon sang, ta cuisine m'a manqué. Les plateformes

servent de très bons repas, mais ce n'est pas pareil.

Les joues d'Eileen rosirent légèrement. Avec son teint irlandais, il ne fallait pas grand-chose pour la faire rougir, et un compliment de ses garçons suffisait toujours, mais il ne s'attendait pas à voir l'humidité qui montait dans ses yeux.

— Je suis contente que tu sois à la maison. Tu nous as manqué.

Avant qu'il ne puisse l'attirer dans une autre étreinte, elle se détourna rapidement et remua la sauce qui mijotait.

— Eh bien, ça sent bon. Ça va tomber à pic.

Sean Farraday descendit après s'être douché et changé pour le dîner après une longue journée de travail. Même si Finn semblait prendre de plus en plus de décisions concernant la direction du ranch, Sean Farraday restait le chef du clan Farraday et du ranch Farraday.

Plus de vingt-cinq ans d'affection passèrent dans les sourires, les hochements de tête et le geste d'Eileen donnant à goûter une cuillerée de sauce à son père. Connor se demanda à quoi ressemblerait cette scène si sa mère était encore en vie. Quelque part au fond de sa mémoire, il se souvenait d'être entré dans la cuisine et d'avoir trouvé ses parents enlacés dans une étreinte passionnée. Il n'avait pas compris à quel point à l'époque, mais il comprenait maintenant comment ils avaient fini avec sept enfants en peu de temps.

— Tu ferais mieux de mettre la table pour deux personnes de plus, dit Eileen à Connor.

Sean jeta un coup d'œil aux quatre couverts à une extrémité de la grande table de cuisine en chêne. Il fut un temps où il y avait sept enfants bruyants, deux adultes d'une patience infinie et, pendant un moment, son propre père à table. Connor pouvait presque voir les souvenirs passer dans les yeux de son père comme un film.

— Qui attendons-nous ? demanda son père.

— Catherine et sa petite fille, répondit Eileen.

Le père de Connor hocha la tête.

— Bien. Très bien. Je serai dans mon bureau jusqu'à leur arrivée.

Posant la cuillère, Eileen agita la main vers Sean puis,

reportant son attention sur la cuisinière, versa le liquide crémeux sur un plat profond de poulet et de jambon.

La sonnette de la porte d'entrée retentit.

— Ce doit être elles. Personne d'autre par ici ne sonnerait.

Tante Eileen enfourna le plat, referma le four d'un coup sec et s'essuya rapidement les mains sur un torchon.

— Dépêche-toi. On ne veut pas qu'elles prennent racine sur le porche.

Connor retint un sourire. Il était vraiment heureux d'être chez lui. Même si son travail se faisait par rotations de plusieurs semaines, il prenait souvent des emplois près des plateformes pour économiser et rentrait rarement. Mais plus maintenant.

La porte s'ouvrit et Catherine se tenait là, vêtue d'un chemisier ample couleur lilas, d'une simple jupe noire et de chaussures pointues qui n'avaient rien à faire dans un ranch.

— Je me suis rafraîchie pour le dîner.

Son doux sourire compensait largement ce choix de chaussures, et Connor décida que lui dire qu'elle avait déjà l'air fraîche une demi-heure plus tôt n'était probablement pas approprié. Il lui sourit donc en retour et guida les deux invitées vers le salon.

Stacey se tenait près de sa mère, mais ses yeux parcouraient les murs et le plafond, et au bruit de Finn descendant bruyamment les escaliers, elle tourna la tête pour suivre ses pas.

— Bonjour à nouveau, dit Finn en souriant à Catherine un peu plus longtemps que Connor n'aurait aimé — ce qui n'avait aucun sens — avant de s'accroupir pour saluer Stacey. C'est un plaisir de te revoir.

Stacey ne dit rien. À part croiser le regard de Finn, elle ne montra aucun signe qu'elle avait entendu.

— Elle est un peu… timide, expliqua Catherine.

— Hmm.

Finn se redressa et lança un regard en direction de Connor. Ses yeux posaient la même question que la veille. Qu'est-ce qui se passait avec la petite ?

— Bienvenue chez nous.

Sortant de son bureau, Sean Farraday entra dans la pièce et offrit un sourire chaleureux à la petite-fille longtemps perdue de leur voisin.

— Je dois dire que vous avez bien grandi. Ralph serait fier.

Stacey se rapprocha des jambes de sa mère, se cachant presque derrière elle.

— Et toi, jeune demoiselle, tu es aussi jolie que ta maman l'était à ton âge.

Le sourire de Sean s'élargit à l'intention de la petite fille.

Après un instant d'observation, Stacey sembla juger ses paroles acceptables et fit un pas hésitant hors de sa cachette pour examiner Sean Farraday de plus près.

Se contentant de sourire, Sean attendit qu'elle termine son inspection, puis se redressa et guida tout le monde plus loin dans le salon.

— Asseyez-vous. Puis-je vous servir quelque chose à boire ? Bourbon, whisky, vin ?

Finn secoua la tête. Connor aussi. Une boisson fraîche faisait parfois du bien, mais l'alcool restait réservé aux sorties ou aux occasions spéciales.

— J'ai une bonne bouteille de pinot grigio au réfrigérateur, dit tante Eileen en les rejoignant. Puis-je vous tenter ?

— Eh bien…

Catherine regarda autour d'elle. Sean venait de se servir un petit verre de bourbon sur glace.

— Oui, merci, ce serait très agréable.

Les boissons servies, le dîner au four et un peu de temps devant eux, les conversations familiales commencèrent. On parla du temps particulièrement doux cette saison, d'un camion d'alimentation en panne et de la séparation du bétail pour les injections du matin.

— Ça a été rapide avec des bras en plus, dit Finn en regardant son frère.

Connor posa sa cheville sur son genou.

— Content d'être là, petit frère.

— Combien de frères y a-t-il ? demanda Catherine.

— Six frères. Une sœur.

Eileen prit une gorgée de vin.

— Oh là là.

Catherine balaya rapidement du regard les quelques frères présents.

Sean Farraday éclata de rire.

— Oui, ça résume à peu près tout ce que je peux dire en présence de dames.

La remarque fit rire Catherine, et Connor ressentit une satisfaction inexplicable qu'elle l'ait prise avec autant de bonne grâce. Trop souvent, les femmes de la ville considéraient les manières texanes comme une offense plutôt qu'un honneur. Le simple respect était perçu comme condescendant — une bonne raison pour laquelle il préférait rester loin des grandes villes.

Eileen se pencha légèrement en avant.

— Comment trouvez-vous la maison jusqu'à présent ?

Sean abaissa son verre à mi-chemin.

— Eileen, elle n'est là que depuis un jour.

— Et alors ?

Eileen fronça les sourcils.

— Il ne m'a fallu que dix minutes pour savoir que je ne voulais plus jamais remettre les pieds à Los Angeles.

— Vous n'aimez pas les grandes villes ? demanda Catherine.

— Oh, je les adore. Mais Los Angeles, c'est comme entrer dans un fumoir. J'ai commencé à tousser en quelques heures et je n'ai pas arrêté jusqu'à retrouver de l'air frais.

Catherine rit doucement.

— L'air semble très pur ici.

Elle jeta un regard à Stacey qui, serrant son chien en peluche Woof, s'était installée sur un tabouret bas pour observer la conversation.

— Vous êtes de Chicago, n'est-ce pas ? demanda Sean.

— Je suis née à Philadelphie, mais j'ai surtout grandi à Chicago.

— La ville des vents. Est-ce que votre mari va vous rejoindre ?

Les yeux de Catherine s'agrandirent légèrement.

— Euh… non. Il est décédé il y a quelques années.

Sean jeta un regard à la petite fille.

— Désolé pour votre perte.

Un silence un peu gêné s'installa dans la pièce.

Saisissant un bol de noix sur la table basse, tante Eileen se leva et le tendit à Catherine avec un sourire.

— Que faites-vous à Chicago ?

— Je suis avocate dans le cabinet de mon père.

— Ma fille est en dernière année de droit à SMU, à Dallas.

Sean leva son verre vers son invitée. L'atmosphère se détendit légèrement.

— Vraiment ?

La voix de Catherine monta d'un ton, visiblement impressionnée.

— Et elle va travailler dans le coin ?

L'intérêt dans sa voix glissa vers quelque chose entre surprise et réserve.

Le visage d'Eileen se ferma légèrement.

— Peu probable.

Elle n'eut pas le temps d'ajouter quoi que ce soit. La porte d'entrée grinça en s'ouvrant.

Catherine se raidit légèrement, mais personne d'autre ne bougea. Ici, les inconnus mal intentionnés n'étaient pas vraiment un problème.

— Hé, je n'ai pas reconnu la voiture dehors, lança la voix de D.J. depuis l'entrée. J'ai essayé d'appeler pour prévenir que je m'invitais au dîner, mais personne—

En uniforme complet sous l'arche du salon, D.J. fut interrompu par Stacey qui bondit sur ses pieds et poussa un cri à glacer le sang. L'enfant partit en courant. Droit dans les bras de Connor.

Il fallut un moment à Catherine pour comprendre. Les crises nocturnes s'étaient espacées, mais c'était la première fois que Stacey émettait un son en pleine journée depuis l'accident. Murmurant pour elle-même, elle détourna les yeux de sa petite fille recroquevillée dans les bras d'un étranger, le visage enfoui contre son épaule.

À la façon dont Connor lui tapotait le dos et murmurait des mots rassurants, on aurait dit qu'ils étaient père et fille.

— Je suis désolée, dit Catherine en regardant D.J. Je crois que c'est l'uniforme.

Les yeux écarquillés, D.J. recula d'un pas, passant son regard de l'enfant terrifiée à sa mère.

— Je… euh…

Il recula encore.

Tante Eileen se leva d'un bond.

— Ne reste pas planté là. Viens, on va dans l'autre pièce et on enlève cette chemise. C'est sûrement l'insigne.

Déjà en train de se diriger vers sa fille, Catherine acquiesça.

— Stacey est très timide et… un peu impressionnée par… les uniformes. Je suis vraiment désolée.

— Pas besoin de vous excuser, dit Sean en observant son fils et l'enfant dans ses bras, l'inquiétude clairement visible sur son visage.

— Ma puce…

Catherine repoussa une mèche de cheveux derrière l'oreille de sa fille, puis glissa ses mains sous ses bras pour la retirer doucement des bras de Connor et la serrer contre elle.

— Ça va. Tout va bien.

Elle capta les regards échangés entre M. Farraday et les autres fils. Elle n'allait pas expliquer tout ce qu'elle et Stacey avaient traversé. Le hoquet d'un sanglot mourant lui serra le cœur. Ce qu'elle ne donnerait pas pour enlever cette douleur à sa petite fille. Pour remonter le temps, quitter le travail plus tôt et aller la chercher elle-même à la garderie au lieu de laisser David le faire.

Tante Eileen s'approcha doucement du groupe.

— Je sais que nous n'avons pas encore dîné, mais un petit avant-goût du dessert ne ferait pas de mal.

Stacey resta enfouie contre l'épaule de sa mère.

— Une tarte aux pommes ? proposa Eileen.

Aucune réaction.

— Avec de la glace à la vanille ?

Elle se rapprocha.

— Ta préférée, ajouta Catherine.

Stacey tourna légèrement la tête pour voir la femme s'approcher avec un sourire.

— Peut-être avec un peu de sauce au chocolat aussi ?

La sauce au chocolat fut décisive. Stacey releva la tête, inspira profondément et saccadément, étouffant les derniers sanglots, puis glissa des bras de sa mère. Mais au lieu de suivre Eileen, comme Catherine s'y attendait, elle tendit la main vers Connor.

Le visage de Connor refléta la même surprise que Catherine ressentait. Lentement, il prit la petite main dans la sienne et la conduisit vers la cuisine.

Tandis qu'Eileen les suivait à la hâte, Sean Farraday resta immobile. Les sourcils froncés, il tourna son attention vers Catherine. Elle pouvait presque voir ses pensées s'ordonner.

Il recula légèrement.

— Ce qui se passe avec vous et votre fille ne me regarde peut-être pas, mais je dois beaucoup à votre grand-père. C'était un homme bien, un bon voisin et un ami précieux à une époque où je me sentais très seul.

Ses épaules se détendirent légèrement.

— Voulez-vous m'expliquer ce qui vient de se passer ?

Catherine secoua doucement la tête.

— Très bien.

Il la regarda un instant de plus, son expression s'adoucissant.

— Vous n'avez rien à nous dire si vous ne le souhaitez pas. Mais sachez que, quoi qu'il arrive, quoi que vous ayez besoin, vous pouvez compter sur chaque membre de la famille Farraday.

La plupart des hommes dans sa vie auraient dit ce qu'ils avaient à dire et seraient partis, certains qu'elle suivrait. Pas Sean Farraday. Il resta là, attendant une réponse. Tout ce qu'elle put faire fut hocher doucement la tête. S'il lui avait dit de se ressaisir, elle aurait su quoi répondre. Mais face à une telle bienveillance, elle ne savait pas. Elle ne put s'empêcher de se demander ce qu'aurait été sa vie si elle avait grandi dans le monde de son grand-père, ou si elle avait eu un homme comme Sean Farraday pour père.

CHAPITRE HUIT

Peut-être que tout cela n'était qu'un rêve, ou peut-être que Connor était tombé dans un foutu terrier de lapin comme Alice au pays des merveilles. Il y a deux semaines, il travaillait sur une plateforme pétrolière, gagnait six chiffres par an et était bien parti pour conclure un accord afin de lancer sa propre écurie. Nulle part dans ce plan il n'était prévu qu'une petite fille en souffrance lui vole son cœur.

— Ça te plaît ? demanda tante Eileen à la petite fille.

Cuillère à la main et les lèvres barbouillées de pommes, de crème et de sauce au chocolat, Stacey leva les yeux vers Eileen. Ni hochement de tête, ni même sourire, mais d'une manière ou d'une autre, chaque adulte dans la pièce sut que l'enfant avait répondu oui.

Sortant le dîner du four, tante Eileen posa le grand plat de côté et se tourna vers Connor.

— Tu ferais mieux d'aller voir ce qui est arrivé à ton père et à tes frères. On est presque prêts à passer à table.

— Puis-je aider ? demanda Catherine.

— Il y a une carafe de thé glacé dans le réfrigérateur. Si tu pouvais aller la chercher, s'il te plaît.

Catherine se leva, et Connor se retourna pour faire ce que sa tante avait demandé. Dans le bureau de son père, D.J. était assis devant l'ordinateur. Finn et son père se tenaient de chaque côté de lui, penchés au-dessus de ses épaules.

— Qui que ce soit avec qui tu bavardes, dis-lui bonne nuit. Le dîner est sur le point d'être servi.

— Ce n'est pas une femme, répondit D.J. en levant les yeux. Pas exactement.

L'expression sur le visage de son frère fit hésiter

Connor.

D.J. pointa l'écran.

— Je suis désolé, mais il y a timide, il y a apprendre à un enfant à se méfier des étrangers, et puis il y a quelque chose qui cloche vraiment, vraiment. Je me suis dit que je devrais voir ce que je pouvais trouver sur les Hammond.

— Toujours le policier, dit Connor en inspirant profondément avant de traverser la pièce. Beaucoup d'enfants ont peur des uniformes.

— Pas comme ça, ajouta son père.

La réaction de Stacey l'avait secoué.

— Je croyais que tu n'étais pas censé utiliser les bases de données de la police à des fins personnelles ?

D.J. jeta un regard noir à Connor.

— Google.

Se glissant entre ses deux frères, Connor parcourut les informations sur les écrans. Plusieurs articles différents sur Catherine, le cabinet d'avocats de son père et David P. Hammond Jr., le fils de l'associé et mari de Catherine. En cliquant plus loin, un article détaillait l'accident de voiture sans autre véhicule impliqué qui avait tué l'homme. Prenant le contrôle de la souris, Connor fit défiler rapidement. La voiture déformée, enroulée autour d'un arbre, laissait peu d'espoir de survie pour un quelconque passager. Ce qui restait du côté conducteur semblait avoir été écrasé contre le côté passager. En continuant à faire défiler, il tomba sur la photo qui, sans doute, captivait tout le monde. Un policier tenant un jeune enfant. Stacey. Les bras tendus, le visage déformé par l'émotion, tout comme ce soir, elle semblait hurler à la mort.

— Bon Dieu…, marmonna Connor. Pas étonnant qu'elle ait paniqué en te voyant. Dans le couloir faiblement éclairé, pantalon beige, chemise sombre, badge brillant, même carrure et même allure que ce pauvre type qui essayait simplement de faire son travail.

— Il est écrit que Stacey était seule dans la voiture avec son père. Serrant les dents, D.J. déglutit difficilement. — Peu importe comment on le tourne, certains jours, être premier intervenant, ça craint vraiment.

Un peu plus bas, un autre article montrait une autre photo de Stacey, prise peu après la première. Cette fois, tenue par un ambulancier et serrant son chien en peluche familier, elle était plus calme.

— Vous pensez que Stacey a toujours été renfermée, ou vous croyez qu'elle est comme ça à cause de ça ?

Les muscles de la mâchoire de D.J. se contractèrent avant qu'il n'ouvre la bouche pour parler.

— Je ne suis pas psychologue, mais d'après sa réaction à mon uniforme, je dirais qu'elle souffre d'un trouble de stress traumatique pédiatrique, et sévère.

— Je ne savais pas qu'une telle chose existait, dit Finn en s'écartant du groupe.

— Ça remonte à quand… ? Connor chercha une date sur l'écran.

— Presque deux ans, précisa D.J.

— Les hommes, tous les mêmes, dit tante Eileen qui apparut dans l'encadrement de la porte. Je vous jure, c'est génétique. Donnez-leur une grotte et ils n'en sortent pas avant le printemps. Le dîner est servi. Bougez-vous.

Elle s'arrêta un instant de plus, balayant les visages de gauche à droite, haussa un sourcil, baissa le menton et tapa dans ses mains.

— Plus tard. Le dîner refroidit.

Le dîner n'était pas la seule chose à s'être refroidie. Le sang de Connor se glaçait dans ses veines.

— Quels sont vos projets après les funérailles de votre grand-père ? demanda tante Eileen en prenant une dernière bouchée de tarte aux pommes.

— Honnêtement, je ne suis pas sûre. Je n'ai pensé qu'à passer la cérémonie. Catherine entoura sa tasse de thé vide de ses doigts.

Aussi loin que Connor s'en souvenait, se retrouver autour de la table était quelque chose de sacré. Le groupe ne pouvait se disperser qu'une fois que chaque personne avait terminé la dernière bouchée de son assiette. Ce soir, il avait l'impression que tante Eileen jouait à la reine d'Angleterre, picorant dans son assiette pour retenir tout le monde à table.

— Je dois faire le tour de la maison, poursuivit Catherine. Je suppose que j'espérais trouver certaines des affaires de ma mère.

La fourchette suspendue en l'air, les yeux de tante Eileen se levèrent pour rencontrer ceux de Catherine.

— Ma chérie, as-tu regardé dans les chambres à l'étage ?

Catherine secoua la tête.

— Pas toutes. Nous utilisons la chambre d'amis près de la cuisine. Je me suis concentrée sur le bureau de Grand-père. J'essaie de me faire une idée de ses affaires. Chaque fois que j'ai voulu explorer davantage l'étage, quelque chose m'en a empêchée.

Tous les regards autour de la table se tournèrent vers Catherine. Heureusement, elle ne semblait pas remarquer l'intérêt qu'elle avait suscité en mentionnant la succession de Ralph.

— Eh bien, si tu veux en savoir plus sur ta mère, je te conseille d'explorer le deuxième étage. Dernière pièce à gauche.

Catherine sourit.

— Vraiment ?

— Vraiment, répondit tante Eileen en lui rendant son sourire et en se levant pour récupérer l'assiette à tarte vide. C'est une belle soirée. Connor, pourquoi ne montrerais-tu pas à Catherine et Stacey quelques-uns des bâtiments d'ici ? Stacey aimerait probablement voir les poulains.

— Oh, ce ne sera pas nécessaire, dit Catherine en s'éloignant légèrement de la table. Il se fait tard.

— Balivernes, répondit tante Eileen en secouant la tête et en regardant son beau-frère.

— Eileen a raison, dit Sean. Il y a eu beaucoup de changements par ici depuis ta dernière visite.

— J'en suis sûre, mais je ne suis pas…

— Dépêche-toi, l'interrompit tante Eileen en pointant le pouce par-dessus son épaule. Ta fille t'a déjà devancée.

La porte moustiquaire de la véranda arrière était grande ouverte, et un éclair de la robe vivement colorée de Stacey passa le seuil quelques secondes avant que la porte à cadre de bois ne se referme avec un grand claquement.

— Stacey, appela Catherine en se précipitant à travers la vaste cuisine.

Sachant que Catherine n'aimait pas vraiment la vie au ranch, surtout les animaux, Connor repoussa sa chaise, s'arrêtant à la vue du sourire narquois de Finn.

— Qu'est-ce qui te fait rire ?

— Juste un petit déjà-vu, mon frère, dit Finn en secouant la tête. Juste un petit déjà-vu.

Eileen serra les lèvres, donna une tape sur l'épaule de son plus jeune neveu, puis se tourna vers Connor.

— Ne fais pas attention à lui. Va les chercher.

— Oui, frangin, dit Finn avec un sourire grandissant. Va les chercher.

À mi-chemin de la porte, Connor entendit sa tante frapper Finn à nouveau et marmonner :

— Surveille tes manières.

— Stacey, ma chérie, attends maman. Pourquoi au nom du ciel Catherine s'était-elle habillée pour le dîner ? Courir après une enfant de cinq ans en talons n'était déjà pas drôle. Le faire sur un terrain de ranch accidenté, c'était courir droit vers l'entorse. Pour une si petite, Stacey avait déjà parcouru plus de la moitié du chemin jusqu'à la grange.

— Je vais la chercher.

Connor la dépassa au moment même où Stacey tournait à l'angle de la porte ouverte de la grange.

— Oh mon Dieu. Les animaux.

Catherine releva sa jupe et se précipita pour les rattraper.

Depuis l'accident de voiture, son enfant autrefois souriante et pétillante se repliait trop facilement dans son petit monde. Presque à bout de souffle à force de courir, et dans une poussée d'adrénaline, Catherine était prête à arracher sa petite fille aux périls des grands méchants animaux du ranch. Sauf qu'il n'y avait rien de grand ni de méchant. Stacey avait dépassé tous les autres box sur son passage et était allée droit vers Pharaon.

Aux côtés de Stacey, Connor s'accroupit, en équilibre sur les talons de ses bottes, un large sourire aux lèvres. La moitié supérieure de la porte du box était ouverte et la tête de Pharaon pendait au-dehors. Les lèvres du cheval remuaient, et la première pensée de Catherine fut qu'il allait mordre sa fille beaucoup trop confiante. Mais avant même qu'elle puisse lancer un cri d'avertissement, son esprit reconstitua toute la scène devant elle et elle comprit que Stacey riait. Pas seulement en établissant un contact visuel. Pas simplement en esquissant un sourire, sa dernière nouveauté depuis son arrivée dans l'ouest du Texas. Non, elle riait franchement. De petits rires de petite fille, adorables et idiots.

— Oh mon Dieu.

Connor se redressa d'un bond.

— Tout va bien. Il leva la main vers Catherine. — Elle va parfaitement bien.

N'importe qui pouvait le voir.

— Je n'aime pas les chevaux, marmonna-t-elle. Ils sont dangereux.

— Je m'en souviens, dit Connor en s'approchant d'elle.

— Vraiment ? Elle était certaine qu'aucun des frères ne se souvenait d'elle. Personne n'avait rien dit qui puisse laisser croire le contraire. Sauf M. Farraday. Et pourquoi le fait de savoir que l'un d'eux se souvenait d'elle lui donnait-il cette impression de calme et de stabilité ?

— Oui, confirma-t-il d'un hochement de tête. Tu ne voulais jamais jouer avec nous, les enfants.

— Mais si, je le voulais, protesta-t-elle. Elle l'avait voulu. Mais les garçons voulaient toujours faire des choses effrayantes, comme faire la course avec des poneys ou attacher des rubans aux queues des veaux — et pas de faux veaux comme dans accrocher la queue de l'âne, de vrais veaux qui meuglaient, couraient et ruaient.

Connor haussa les épaules.

— J'ai surtout le souvenir de te voir t'éloigner en tempêtant pour rentrer chez toi.

— Je vois. Il avait probablement raison. La dernière fois qu'elle était venue ici avec sa mère, elle ne devait pas être beaucoup plus âgée que Stacey. Et ces chevaux semblaient si grands. Et le bétail. — Ton père m'a crié dessus.

— Vraiment ? Un sourcil sombre se haussa au-dessus de ses yeux d'un bleu profond, bleu crayon.

— Vous faisiez quelque chose avec les vaches. Je n'avais rien à faire, alors Memah et ma mère m'avaient amenée ici pour jouer. Je pensais qu'on pourrait jouer à cache-cache ou à la bataille. Je ne sais pas comment, mais je me suis retrouvée à ne plus savoir où aller ni quoi faire, et la minute d'après, ton père m'avait soulevée et grondée pour quelque chose dont je ne me souviens plus, juste au moment où cette grosse vache noire lui a écrasé le pied. Il a essayé de ne pas le montrer, mais je voyais bien que l'animal lui avait fait mal.

Connor acquiesça.

— Il s'est cassé le pied. Une génisse de plusieurs centaines de kilos peut faire ça.

— Ton père en a ri et a dit qu'il avait déjà reçu pire de son cheval. Elle secoua la tête. Elle avait fait des cauchemars pendant des mois, avec des vaches et des chevaux qui lui passaient dessus. — Et mon grand-père ne comprenait pas pourquoi je ne les aimais pas.

— Tu n'as pas grandi dans un ranch. Je suis sûr qu'on t'avait confié une tâche qui aurait dû être facile pour toi.

— Aider avec la barrière, marmonna-t-elle. Mais elle avait été curieuse et s'était approchée.

Connor hocha de nouveau la tête.

— Ça se tient, mais je parie que papa te gardait à l'œil. Adam aussi, probablement.

— Peut-être. Je ne veux pas… Catherine pointa vers le fond de la grange, à l'endroit vide où sa fille ne se trouvait plus. — Oh mon Dieu, elle a dû ouvrir la porte.

Le cœur coincé dans la gorge, les souvenirs d'avoir failli se faire piétiner par un énorme animal de ranch encore bien vivants dans son esprit, Catherine se mit à courir avant même que son cerveau ait le temps d'imaginer les horreurs qu'elle allait découvrir.

À peine avait-elle fait un pas que des doigts puissants lui enserrèrent le bras.

— Doucement. Si tu déboules comme ça, tu ne feras qu'effrayer les autres animaux.

— Ou Pharaon.

Connor secoua la tête.

— Non. Si Stacey est dans le box avec lui, Pharaon saura qu'il ne doit pas bouger. Je l'ai dressé. Il est très doux.

Toujours en lui tenant le bras, Connor la guida au centre de la grange jusqu'au box suivant.

Avançant à petits pas, elle ne savait pas si elle trouverait la force de regarder. Le fait de ne pas avoir entendu sa fille crier de peur ou de douleur était la seule chose qui l'empêchait de se précipiter vers son bébé.

Un pas devant elle, Connor relâcha sa prise et, s'arrêtant, se tourna vers le box. Un grand sourire s'épanouit sur son visage.

— Je te l'avais dit.

En regardant à l'intérieur de l'espace clos, sa bouche s'ouvrit littéralement avant de se refermer d'un coup.

— Est-ce qu'elle devrait faire ça ?

Connor haussa une épaule avec indifférence.

— Je n'ai jamais rencontré un bon cheval de travail sur bétail qui n'aimait pas être brossé…

— Un cheval de travail sur bétail ?

— Un cheval élevé et dressé pour travailler avec le bétail. On peut laisser tomber une corde au sol pour s'occuper d'un veau ou d'une vache et il ne bougera pas, c'est ce qu'on appelle l'attache au sol. Si on attrape du bétail au lasso et qu'on a besoin que le cheval donne du mou ou recule pour tendre la corde, un bon cheval fait exactement ce qu'il faut.

— Oh, mais Stacey…

— Tout va bien. Il hocha la tête, son attention fixée sur chacun des mouvements de Stacey. — Fais attention à ne pas passer derrière le cheval. D'accord ? dit-il doucement.

La petite fille hocha à peine la tête. N'arrivant qu'à mi-hauteur de l'arrière-train de l'énorme cheval, Stacey passait la brosse à deux mains, depuis le plus haut point qu'elle pouvait atteindre vers le bas, puis légèrement sur le côté avant de recommencer.

La scène devant Catherine était à la fois terrifiante et extraordinaire. Tout en elle lui criait d'emporter sa fille loin d'ici, en sécurité, et pourtant Stacey hochait la tête et réagissait. Et le cheval avait l'air… docile.

— Il a l'air si tranquille.

— Pharaon est un excellent cheval. Les bons chevaux de travail sur bétail valent leur pesant d'or. Tu devrais voir Ginger. Elle fait partie de mon élevage de base.

— De ton élevage ?

Il acquiesça.

— Pour les écuries Capaill. Je vais élever et dresser les meilleurs quarter horses du pays.

Elle jeta un coup d'œil derrière elle pour s'assurer que sa fille n'agaçait pas le cheval, puis, toujours incapable de savoir comment gérer le spectacle devant elle, regarda de nouveau Connor.

— Ça a l'air ambitieux.

— Pas vraiment. J'ai toujours aimé les chevaux. Les Marines, ce n'était pas pour moi. Je travaille à mes propres écuries depuis des années. Acheter mes propres bêtes, ce n'était que le début. En fait…

— Mais je croyais que tu travaillais au ranch avec tes frères.

— On travaille tous au ranch de temps en temps, mais papa et Finn sont les seuls vrais éleveurs. Adam, que tu as rencontré hier soir, est vétérinaire. D.J., tu sais qu'il est chef de la police. Brooks, que tu n'as pas encore rencontré, est médecin. Ethan est pilote d'hélicoptère chez les Marines et en opération, donc on ne le voit pas beaucoup. Et tu sais que Grace est en faculté de droit.

— Oui. Catherine jeta un coup d'œil à sa fille et fut presque prête à jurer que le cheval s'endormait. Balayant les alentours du regard, elle ne vit rien qui ressemble à du matériel de pansage. — Où a-t-elle trouvé ça ?

Pointant du doigt la porte voisine, Connor secoua la tête, manifestant autant de surprise qu'elle en avait ressenti.

— Elle a dû prendre la brosse dans la sellerie.

— Elle fait ça correctement ?

Il acquiesça.

— Suffisamment bien.

— Comment sait-elle quoi faire ?

Ces incroyables yeux bleus pétillèrent.

— Madame, votre fille a hérité des gènes Brennan. Que ça vous plaise ou non, Stacey est une cavalière née.

Un léger son lui parvint aux oreilles.

— Elle fredonne. Elle fredonne vraiment.

— Elle est heureuse, dit-il avec le détachement de quelqu'un qui ne pouvait pas comprendre ce que ce son signifiait pour une mère qui, depuis ce terrible jour, n'avait entendu que des cris nocturnes.

— Oui. Oui, elle l'est.

Et maintenant, qu'est-ce que Catherine était censée faire de ça ?

CHAPITRE NEUF

Le seul moyen pour Connor et Catherine de faire sortir Stacey de la grange fut de promettre à la petite fille qu'elle pourrait revenir. Pendant un instant, Connor avait entrevu une ouverture pour parler de l'achat de la propriété du vieux Brennan, mais la conversation avait de nouveau bifurqué et il n'avait pas jugé bon d'y revenir. La dernière chose qu'il voulait, c'était que Catherine confonde son inquiétude pour Stacey avec son intérêt pour les terres de son grand-père.

Chaque fois que Connor regardait Stacey sourire à Pharaon, son esprit revenait à cette horrible photo de journal où elle pleurait à fendre le cœur. Si cette pensée lui donnait une douleur vive en plein centre de la poitrine, il n'osait imaginer ce que Catherine devait ressentir. Et au vu de toutes ses réactions surprotectrices ce soir envers sa fille et la vie au ranch, il ne voyait aucune raison pour laquelle Catherine voudrait rester dans cette région. Ni pourquoi elle refuserait de vendre le ranch. Ni pourquoi elle ne le lui vendrait pas, une fois le financement obtenu.

Après leur départ, tante Eileen et Finn étaient allés se coucher tôt. Connor était retourné à la grange, avait apporté une pomme fraîche à Pharaon, puis en avait donné une à Ginger. D'ordinaire, lors d'une soirée calme, ses pensées auraient été entièrement occupées par ses projets pour les écuries Capaill, un hommage à ses racines irlandaises. Trouver ce nom avait déjà donné lieu à d'innombrables discussions, à force d'échanger des idées, jusqu'au jour où, exaspéré par ces histoires de chevaux, Finn avait lancé : appelle ça simplement Écuries à chevaux. Le coin des lèvres de tante Eileen s'était relevé. Capall, avait-elle dit. Puis son père avait secoué la tête. Pas un, plusieurs. Capaill. Et voilà, ses écuries avaient trouvé leur nom. Depuis, chaque soirée tranquille était consacrée à imaginer l'aménagement idéal de Capaill. Quand l'idée d'acheter la propriété voisine avait germé, il avait commencé à visualiser comment moderniser et agrandir la grange, où installer le paddock, l'arène, le stockage du foin, les tas de fumier — tout, des fourches aux clôtures, avait été planifié lors de nuits comme celle-ci.

La plupart des gens auraient commencé par la maison. Les rares fois où il y avait mis les pieds, Connor avait eu l'impression d'entrer dans un épisode d'une série télé des années soixante-dix, et pour l'instant cela lui convenait parfaitement. Ce projet concernait avant tout les chevaux. Les écuries Capaill auraient les meilleures installations équestres du Texas.

Son rêve était si proche qu'il en sentait l'excitation jusque dans les os. Et pourtant, ce soir, même dans les box avec ses meilleurs compagnons à quatre pattes, son esprit était encombré non pas de remorques, de tracteurs ou de fourrage, mais de pensées pour Catherine. Chaque fois que la peur ou le choc passaient dans ses yeux, il avait envie de la prendre dans ses bras et d'effacer ses inquiétudes. Même lorsque ses yeux brillaient d'émerveillement devant sa fille et son nouvel ami, il avait envie d'attirer Catherine contre lui et de partager ce moment. Ce qui n'était absolument pas une bonne idée.

Cette femme avait déjà traversé assez d'épreuves ces dernières années. La dernière chose dont elle avait besoin, c'était que quelqu'un comme lui rôde autour de sa culotte. Et ça devait être tout. L'instinct primaire de protéger et de posséder. Il refusait d'envisager que ce soit autre chose. Tous les deux, c'était l'huile et l'eau.

Et il n'allait rien accomplir en restant là à tourner en rond. Le réveil sonnait tôt au ranch des Farraday. Malgré tout, en retournant vers la maison, son regard glissa vers la gauche, vers la propriété des Brennan. Non qu'il puisse voir la maison ou le moindre signe de vie derrière la clôture, mais il regarda quand même et se rappela qu'entre Catherine et lui, c'était l'huile et l'eau.

S'asseyant au bord du canapé moelleux, Connor posa ses avant-bras sur ses genoux et laissa échapper un soupir.

— Elle a eu peur des vaches.

— Je sais.

Dans son fauteuil préféré en cuir à dossier haut, Sean Farraday referma son livre et retira ses lunettes.

— Elle s'était glissée dans l'enclos juste au moment où Adam allait ouvrir la barrière pour faire entrer les vaches.

— C'est comme ça que tu t'es cassé le pied.

Son père haussa les épaules.

— Ce n'est pas la première fois qu'une de ces bêtes prend le dessus sur nous.

— Mm.

Connor acquiesça. Il y avait en effet eu beaucoup de blessures au fil des ans. Rien de grave, et toujours une leçon pour la suite.

Le patriarche Farraday étudia son fils si longtemps que Connor se demanda ce qu'il pensait. Que voulait-il lui dire ? Cela faisait très longtemps qu'ils n'avaient pas passé un moment seuls. Dans une maison avec sept enfants, le calme était une denrée rare.

— Elle est gentille, non ?

Les mots de Sean s'invitèrent dans ses pensées.

— Catherine, précisa-t-il.

— Pour une citadine.

Et elle en était une. Aucune femme de la campagne ne se serait présentée à dîner dans la tenue qu'elle portait. L'huile et l'eau. Ce qui ne voulait pas dire qu'il était mal de s'habiller élégamment de temps en temps, mais…

— Tu t'es bien débrouillé avec la petite aussi, ajouta son père.

Connor haussa les épaules.

— C'était une sacrée surprise quand Stacey a atterri dans mes bras, mais des mots doux et un contact rassurant fonctionnent aussi bien avec une pouliche qu'avec une femme.

— C'est vrai.

Sean hocha la tête.

— J'espérais bien les trouver.

Tante Eileen descendit l'escalier, les bras chargés.

— Je ne suis pas sûre de la taille de Stacey, mais l'une de ces paires devrait aller.

Sean fronça les sourcils.

— Qu'est-ce que tu fais dans le grenier à cette heure-ci ?

— Il n'est que huit heures. Ce n'est pas tard pour des gens normaux.

— Ici, les gens normaux sont des gens du ranch, et huit heures, ce n'est pas le moment de fouiller dans le grenier.

— Je voulais que Stacey ait quelque chose de mieux que ces baskets pour la prochaine fois qu'elle viendra voir les chevaux. Je parie qu'elle adorerait monter un poney.

Tante Eileen avait en partie raison. Stacey adorerait sûrement être sur un cheval. Sa mère, en revanche, veillerait probablement à ce qu'elle observe les animaux derrière une vitre protectrice.

— Pourquoi ne pas les lui apporter demain matin après le petit-déjeuner ?

Eileen fourra les chaussures dans les bras de Connor.

D'ici le petit-déjeuner, il aurait déjà travaillé pendant des heures. Et il en aurait l'odeur.

— Tu devrais peut-être y aller toi-même.

Tante Eileen n'eut pas besoin de parler. L'expression figée sur son visage indiquait clairement que ce n'était pas une suggestion.

— Ou je peux m'en charger.

Connor tendit la main vers les bottes.

Instantanément, un sourire radieux illumina le visage de sa tante.

— Bonne idée.

En réalité, l'idée de sa tante n'était pas mauvaise. Déposer les vieilles bottes de sa sœur Grace pour Stacey serait une bonne excuse pour discuter de ses projets pour la propriété. Même sans l'accord de la banque, il pouvait au moins poser des questions sur le ranch. Le futur foyer des écuries Capaill, Connor Farraday, propriétaire.

— Papa, je ne veux pas revenir là-dessus.

Catherine se pinça l'arête du nez et arpenta le grand salon aux poutres apparentes.

— On ne confie pas une affaire importante à une jeune avocate pour partir dans un voyage insensé au milieu de nulle part, gronda son père.

— Les funérailles de Grand-père ne sont pas insensées, et Connie est meilleure que tu ne le crois. Elle est ambitieuse et intelligente — un mélange redoutable.

Ce n'était pas que la plupart des hommes du cabinet le remarqueraient. Surtout pas son père. La seule raison pour laquelle Catherine avait été tolérée dans ce cabinet, c'était que William Everett Baxter n'avait pas de fils.

— Nomme Ted Collins en second. Il détestera ça, mais si ça vient de toi, il le fera.

Son père soupira profondément.

— Le client ne veut ni Connie ni Ted. Il te veut, toi.

Catherine s'arrêta net.

— J'ai besoin que tu reviennes. Au plus vite. Plus de traînage dans la nature.

Reprenant sa marche, elle regarda par la grande fenêtre donnant sur l'étendue de nuit noire. Pas de lampadaires. Pas de néons. Pas de klaxons.

— Stacey semble aimer cet endroit.

— Elle aimera n'importe où où tu l'emmènes, elle a quatre ans.

— Cinq.

— Très bien, cinq. Connie et Susan continueront à préparer les dépositions. Je vais dire au client que tu seras là après-demain—

— Les funérailles sont dimanche pour que les familles du ranch puissent y assister.

— Catherine—

— Dimanche, Papa.

— Très bien. Je dirai au client que tu seras prête à le rencontrer lundi—

— Je ne peux pas—

— Mardi matin. Ça te laisse largement le temps de régler ce que tu penses devoir régler et de revenir là où est ta place. Là où elle a toujours été.

— Oui, Papa.

— Bonne nuit. À mardi.

— Mardi.

L'appel prit fin et Catherine tenta d'ignorer le malaise qui lui nouait l'estomac. Elle n'aurait jamais dû répondre. À quoi s'attendait-elle ? À un discours compréhensif à la Sean Farraday ? À ce qu'il lui demande comment elle vivait la perte d'un homme qu'elle commençait à peine à connaître ? Ce qu'elle pensait de la maison qu'elle n'avait pas vue depuis son enfance ? Des voisins ? Du cow-boy qui avait accouru pour sauver Stacey d'une bête sauvage ? Le même homme qui avait apaisé sa fille en larmes dans ses bras. Celui qui poursuivait ses rêves. Celui qui…

Catherine s'arrêta net. Elle ne pouvait pas penser à Connor Farraday. Pas comme ça. Pas maintenant. C'était un homme séduisant et gentil. Il devait y en avoir beaucoup dans cette région. Bon sang, la maison des Farraday semblait en regorger. Mais elle en avait déjà rencontré certains, et ni D.J. ni Adam n'étaient ceux qui, en seulement deux jours, s'étaient installés dans ses pensées.

Elle n'était pas venue ici pour rencontrer un homme. Elle n'avait pas besoin de rencontrer un homme. Elle ne voulait pas rencontrer un homme. Mais tout en elle lui disait que Connor Farraday n'était pas un homme comme les autres.

— La mère de Stacey ne la laissera pas faire plus que regarder les animaux de loin, et tu le sais.

Sean Farraday se leva.

— Quoi que tu aies en tête, oublie ça. Celle-ci ne restera pas.

— Est-ce que j'ai dit un mot à ce sujet ?

Il y a quelques mois, Eileen aurait été d'accord avec son beau-frère, mais après avoir vu deux citadines arriver en ville et tomber amoureuses de ses neveux, elle n'était plus aussi sceptique.

— Tu n'as pas besoin de le dire.

Sean s'approcha et posa une main sur son épaule, un geste familier qu'il utilisait depuis plus de vingt ans pour exprimer son soutien.

— Je veux que les garçons soient heureux, moi aussi. Mais toutes les femmes qui arrivent ici ne sont pas destinées à devenir des Farraday.

— Je le sais.

Et elle le savait, mais elle avait vu Connor avec assez de femmes et d'enfants pour comprendre que sa réaction face à Stacey n'était pas ordinaire. Et la façon dont il regardait sa mère quand il pensait que personne ne le voyait n'était pas non plus celle qu'il réservait à sa sœur ou à sa tante. Quelque chose passait entre eux, qu'ils le sachent ou non. Tout ce dont ils avaient besoin, c'était d'un peu plus de temps.

— Je me demande si Catherine joue au poker?

CHAPITRE DIX

Normalement, Connor ne se douche jamais en milieu de matinée. Se laver venait toujours à la fin de la journée de travail, mais il ne pouvait pas se résoudre à aller frapper à la porte de Catherine en sentant comme s'il venait de passer trois heures avec un troupeau de vaches. Même si c'était exactement ce qu'il avait fait.

Après avoir garé la vieille Ruby dans l'allée, il jeta son chapeau sur le siège passager et attrapa le sac rempli des bottes d'enfance de sa sœur. Quand il était rentré pour le petit-déjeuner ce matin-là, tante Eileen en avait ajouté quelques paires. Il s'était mentalement juré que s'il avait un jour des enfants, il donnerait ce genre de choses plutôt que de stocker l'équivalent d'un marché aux puces dans le grenier pendant des décennies.

Stacey devait être près de la fenêtre de devant, car il n'avait pas dépassé la première marche lorsque la porte d'entrée s'ouvrit et que la petite fille, toujours en pyjama à pieds et tenant le chien en peluche par son oreille molle, se mit à le fixer. En quelques jours, il avait appris à reconnaître l'éclat dans ses yeux, joyeux ou bouleversé, et il fut ravi d'y voir une lueur de plaisir à sa vue, tout en étant déçu de ne pas recevoir un sourire. Quelque chose qu'il avait compris être un vrai cadeau.

— Comment va tout le monde ce matin ? demanda-t-il en s'arrêtant devant Stacey.

Au lieu de répondre, elle serra la peluche contre sa poitrine, lui tourna le dos et repartit à l'intérieur. Il supposa que c'était la chose la plus proche d'une invitation à entrer qu'il obtiendrait. Dans le salon, elle se tenait devant le vieux téléviseur, regardant à moitié un dessin animé avec des dinosaures et des trains, et l'observant à moitié.

— Où est ta maman ?

Même s'il avait posé la question, il ne s'attendait pas vraiment à une réponse, alors il fut un peu surpris quand son bras libre se leva brusquement pour pointer vers le haut des escaliers.

— Merci, mademoiselle Stacey.

D'humeur enjouée, il s'inclina comme un majordome britannique et fut récompensé par un regard éveillé. Ça lui plaisait. Beaucoup. Ébouriffant doucement ses cheveux, il monta les escaliers deux à deux, appelant Catherine à mi-chemin. La dernière chose dont il avait besoin était de lui faire une peur bleue et de se retrouver criblé de plombs. Pas qu'une fille de la ville saurait quoi faire avec l'un des vieux fusils de Ralph. N'entendant rien, il appela de nouveau :

— Catherine ? C'est Connor, le voisin.

Prudemment, il avança dans le couloir, portant toujours le sac de bottes, un peu mal à l'aise qu'elle n'ait pas répondu. Se sentant de plus en plus comme un cambrioleur nerveux jetant des coups d'œil dans des pièces vides, il l'appela encore. Toujours pas de réponse, mais cette fois il crut entendre un bruit venant du fond du couloir. Dernière porte à gauche : au milieu de la pièce, entourée de livres, de livres et encore de livres, Catherine était assise, fixant intensément celui posé sur ses genoux.

— Excuse-moi.

Il frappa sur le montant de la porte avant d'entrer.

— Ça a l'air intéressant.

Catherine sembla enfin l'entendre et leva les yeux, pas aussi surprise qu'elle aurait dû l'être de se retrouver soudain en présence d'un homme.

— Oh, je ne t'ai pas entendu.

Elle posa le livre puis, regardant autour d'elle, fit un geste vers la pièce.

— Ils n'ont rien changé.

Un rapide coup d'œil lui indiqua qu'il se trouvait dans la chambre de sa mère. Un mur de trophées de sa jeunesse en course de barils, des fanions de lycée, des bouquets de bal — ces trucs semblaient devenir plus grands chaque année, chargés de rubans et de décorations toujours plus voyantes. Sur la commode, divers parfums féminins et des photos d'une femme qui aurait pu passer pour la petite sœur de Catherine.

— Qu'est-ce que tu regardes ?

— Maman écrivait des histoires.

Elle glissa une enveloppe d'une boîte voisine dans les pages et referma le cahier à spirale.

— Il y en a partout. Je n'en avais aucune idée. Papa n'en a jamais parlé.

Se penchant vers sa gauche, elle attrapa un livre relié et l'ouvrit au milieu.

— Un album de fin d'année. Plus d'élèves que je ne l'aurais cru pour une petite ville.

— Beaucoup de familles de ranch font l'école à la maison au début, mais au lycée, les bus sillonnent tout le comté pour récupérer les élèves. Ça ne devait pas être très différent à l'époque.

Catherine le lui tendit.

— Elle est partout là-dedans. S'il y avait un club, elle en faisait partie. S'il y avait un ruban bleu, elle le gagnait.

En feuilletant, Connor remarqua autre chose : chaque fois qu'il y avait un cheval, elle était dessus.

— Elle a l'air heureuse.

— Oui, elle l'est.

Catherine repoussa les autres albums, cahiers et boîtes à chaussures, puis se leva.

— J'ai trouvé tout ça hier soir. Les albums étaient sur la commode, mais les cahiers et les boîtes étaient dans le placard. Il y a tellement de choses là-dedans.

— Tu comptes tout passer en revue ?

Il referma l'album.

— Je ne sais pas. Je dois être de retour à Chicago mardi.

Ses yeux fatigués parcoururent les vestiges d'une vie révolue.

— Je ne sais pas combien j'aurai le temps de faire d'ici là, mais je réalise à quel point trier des générations d'histoire familiale va être intimidant.

Ça ne faisait pas les affaires de Connor. Pas s'il voulait

commencer à travailler sur la grange et la rendre opérationnelle avant l'hiver.

— Tante Eileen et les dames du club social n'ont-elles pas proposé leur aide ?

— Si.

Elle hocha la tête.

— Et j'allais accepter, mais maintenant… maintenant je crois que je veux tout parcourir moi-même. Je ne veux rien rater.

Connor jeta un nouveau coup d'œil autour de lui. Le placard était effectivement rempli d'années d'accumulation, mais combien de temps pouvait prendre le tri de vieux vêtements, de chaussures et de bricoles d'adolescente ?

— Et tu devrais voir le grenier. Je ne sais pas si les Brennan ont jeté quoi que ce soit depuis la nuit des temps.

Voilà qui répondait à la question. Trier toute cette histoire familiale prendrait bien plus que quelques jours, ce qui signifiait que même si la banque répondait vite, ses chances d'obtenir le terrain rapidement étaient quasi nulles. Merde. Une pulsation martela sa tempe. Cette lettre de la banque était peut-être sa seule chance de la pousser à agir. Il jeta un coup d'œil aux piles d'affaires de sa mère. Ou pas.

— Qu'est-ce que tu as dans le sac ?

Catherine releva le menton vers son bras droit.

— Oh. Tante Eileen a envoyé ça.

Il lui tendit les bottes.

— Elles étaient à ma sœur Grace. Elle en a dépassé la plupart avant même de les user.

Catherine sortit une minuscule botte de cow-boy, la tournant dans ses mains.

— C'est pour Stacey, ajouta-t-il avant de réfléchir.

— Je vois. Je pense qu'on peut dire sans se tromper que Stacey sera ravie.

Elle lui sourit, puis reporta son attention sur le reste du sac.

C'était un joli sourire. Un très joli sourire. Un sourire qu'il ne serait pas contre revoir.

— Il y a tout un placard rempli de vêtements dans le couloir, dit-elle en remettant une botte dans le sac et en se dirigeant vers la porte. Je pense qu'à en juger par la longueur des pantalons, ils appartenaient à ma mère. Sa mère est beaucoup plus petite sur les photos que j'ai trouvées.

Connor observa plusieurs photos côte à côte. Mme Brennan était effectivement petite. D'après ses souvenirs, avant de tomber malade, elle était solide comme un roc, et quiconque se fiait à sa taille apprenait vite à ne plus la sous-estimer.

— Une vraie tornade, dit-il.

Un sourire lent étira un côté de la bouche de Catherine.

— J'aime bien. On a déjà utilisé ce mot pour me décrire au tribunal. Ça ne me dérangerait pas de penser que ça vient de ma grand-mère.

— Tu peux en être fière. Tout le monde l'aimait.

— Je le suis.

Catherine fit un pas vers lui.

— Tu as déjà pris ton petit-déjeuner ?

Oui. Un petit-déjeuner de rancher, le genre qui tient au corps et donne de l'énergie pour des heures de travail.

— Juste un petit quelque chose.

— Parfait. Je ne suis pas très douée en cuisine, mais on m'a dit que je fais des omelettes d'enfer. Tu te joins à nous ?

— Merci, je crois que oui.

Personne n'est jamais mort d'avoir mangé deux petits-déjeuners. Du moins, à sa connaissance.

— Tout est prêt pour dimanche.

Catherine hocha la tête en direction des femmes réunies autour de la table dans sa cuisine.

— Je dois dire que certains détails ont été plus difficiles à régler que je ne l'avais imaginé.

— Comme quoi ?

Tante Eileen se pencha en avant.

— Eh bien, quelqu'un doit faire l'éloge funèbre. Je ne

savais pas si Grand-père avait des amis proches.

Catherine marqua une pause, au cas où les femmes auraient une idée.

— J'ai regardé dans ses affaires, mais je n'ai rien trouvé qui indique une amitié proche ces dernières années.

— Il était proche de Clinton Farley, dit Sally May. Mais il est décédé il y a bien dix ans.

— Et parfois, il allait en ville bavarder avec Ned à la station-service, ajouta Ruth Ann. Mais maintenant que j'y pense, ils ne se sont pas disputés à propos de quelque chose ?

Deux paires d'yeux lancèrent un regard noir à Ruth Ann.

— Bon, d'accord… peut-être que Ned n'est pas la meilleure idée.

— J'en avais l'impression, alors je me suis dit que je pourrais peut-être demander à M. Farraday de faire l'éloge funèbre. Ils sont voisins depuis longtemps et—

— Et c'est une excellente idée. Sean en sera ravi. Ton grand-père était un homme bon et respecté, qui s'est simplement tenu à l'écart ces dernières années.

— Oh, tant mieux.

Catherine ne pouvait exprimer à quel point cela la soulageait.

— Ensuite, le pasteur a suggéré que les amis de Grand-père voudraient assister à l'inhumation ?

Trois têtes hochèrent.

— Oui, bien sûr. C'est comme ça qu'on fait ici.

— Il a aussi suggéré de prévoir des rafraîchissements à l'église après la cérémonie. Si Grand-père n'a plus beaucoup d'amis, peut-être qu'on pourrait s'en passer—

Cette fois, trois têtes secouèrent en parfaite synchronisation.

— Je ne veux pas te dire comment organiser les funérailles de ton grand-père.

Eileen posa la main sur celles de Catherine.

— Ralph était peut-être un homme solitaire, mais il avait des amis. Ne pense pas une seconde qu'il n'était pas aimé par tous ceux qu'il croisait. Il y aura beaucoup de monde à ses funérailles.

— Oh.

Ce n'était pas ce à quoi Catherine s'attendait. Son regard parcourut la vieille cuisine.

— Et ne t'inquiète pas pour la nourriture, ajouta Sally May.

— Exactement, renchérit Ruth Ann. Le club des dames de Tuckers Bluff s'en occupera. Tu as besoin d'autre chose ?

— Eh bien…

Catherine regarda Stacey dans le salon, penchée sur la table basse, utilisant chaque couleur de l'énorme boîte de crayons qu'Eileen avait apportée. De quoi l'occuper pendant des heures.

— Je suppose que je dois trier les vêtements. Voir si quelque chose peut servir à quelqu'un.

— Bien sûr.

Sally May se leva la première.

— Il y a beaucoup de familles dans le comté qui ont besoin d'aide.

— Et beaucoup d'autres qui savent manier l'aiguille et le fil pour redonner vie à des vêtements d'occasion, ajouta Ruth Ann en se plaçant à ses côtés. Tu as apporté les boîtes ?

Sally May sourit à Catherine.

— Au cas où.

— J'ai peut-être dit un mot.

Eileen posa doucement la main sur son bras.

— Nous sommes prêtes à nous y mettre si tu veux de l'aide.

Catherine regarda toutes ces femmes prêtes à retrousser leurs manches au moindre signe de sa part. L'exact opposé du monde juridique où les coups bas étaient monnaie courante et où l'armure émotionnelle était de rigueur. Quel endroit fascinant sa mère avait laissé derrière elle.

— Merci, mesdames. J'aimerais beaucoup.

CHAPITRE ONZE

— Qu'est-ce que… ?

Connor s'essuya les bottes à la porte arrière et accrocha son chapeau au crochet à proximité. Trouver Stacey assise à la table de la cuisine n'était pas ce à quoi il s'attendait.

Plongée dans son activité, la petite fille ne leva pas les yeux.

Connor balaya la cuisine du regard puis jeta un coup d'œil dans le couloir. Personne. Près de l'évier, un grand plateau de cookies aux flocons d'avoine et raisins secs reposait à côté d'une énorme carafe de limonade. Pas besoin d'être détective pour comprendre ce que sa tante avait fait cet après-midi. Attrapant deux cookies, il se rapprocha de Stacey.

— C'est vraiment bien.

Avec une boîte de crayons ouverte et des piles de feuilles blanches à portée de main, elle travaillait sur un dessin sacrément réussi de l'Appaloosa qu'Adam montait habituellement. Il jeta un coup d'œil aux autres dessins. Tous des chevaux. Certains avec de l'herbe à leurs pieds. D'autres avec une maison en arrière-plan. Elle tira une feuille de sous un dessin et la lui tendit. Pharaon.

— Je crois que c'est mon préféré, dit-il en lui souriant.

— Oh, parfait. Tu es rentré tôt.

Tante Eileen posa un panier de vêtements sur la table.

— J'ai trouvé d'autres affaires de Grace.

— Où est Catherine ? demanda Connor.

— Elle est partie en ville avec Sally May et Ruth Ann. À l'heure du déjeuner, on avait trié tous les vêtements de Ralph et Marjorie dans la chambre principale, et même fini le placard à linge du rez-de-chaussée. Tout ce qui ne ressemblait pas à un souvenir de famille est parti dans les cartons pour les dons.

Connor hocha la tête et attendit.

— Il y avait assez de cartons pour remplir juste le coffre du Suburban de Sally May. On s'est dit que ce serait bien d'aller les distribuer en ville. Et que Stacey s'amuserait davantage à colorier et regarder la télé qu'à traîner en ville avec une bande de vieilles dames.

— Mm.

Tout devenait plus clair.

— Et tu t'es proposée pour faire des cookies avec Stacey.

— Ça semblait une bonne idée une fois ici.

Sa tante sourit.

— Ma chérie, dit-elle en se tournant vers la petite fille, je crois qu'il est temps de nourrir les bébés à nouveau. Tu es prête ?

Stacey hocha la tête, remit le crayon dans la boîte et descendit de sa chaise. Connor remarqua alors qu'elle portait une paire des bottes qu'il avait apportées, ainsi qu'un jean.

— Sa mère l'a habillée en jean ?

Tante Eileen haussa les épaules.

— J'en ai trouvé quelques-uns.

Elle désigna une boîte ouverte de l'autre côté de la cuisine, posée sur plusieurs autres.

— J'ai aussi trouvé une partie de son équipement d'équitation.

— Équipement d'équitation ?

— Il y a une paire de chaps en cuir tout souple qui devraient être—

— Des chaps ? Pourquoi aurait-elle besoin de chaps ?

— Pour que les veaux ne lui donnent pas de coups de pied.

Ça ne sentait pas bon. Connor se frotta la nuque.

— Elle ne s'approchera pas des veaux.

— Bien sûr que si. Comment apprendra-t-elle à attacher les queues pour le Ranchathon du mois prochain ?

— Elles rentrent chez elles après les funérailles. Et même si elles restaient, Stacey n'a jamais été près d'animaux de ranch. Elle ne saurait pas quoi faire avec un veau ou un mouton. Et même si c'était le cas, sa mère ne la laissera jamais participer aux jeux du ranch avec les autres enfants.

— On ne sait jamais.

Sa tante haussa les épaules avec désinvolture.

Ce ton faussement détaché n'était jamais bon signe.

— Tante Eileen.

— Oh, ne fais pas cette tête. Stacey attend que toi ou Finn finissiez vos corvées pour voir les poulains. Peut-être brosser quelques animaux. Apprendre deux ou trois choses sur le nourrissage.

— Je lui fais aussi un cours sur le vêlage d'automne pendant qu'on y est ?

Tante Eileen lui donna une tape sur le bras.

— Ne sois pas insolent avec moi, jeune homme.

Des yeux bleus brillants le fixaient. Stacey avait suivi la conversation avec une attention intense. Il voyait à quel point elle voulait faire tout ce que sa tante avait mentionné. Et même s'il risquait d'en payer le prix quand sa mère l'apprendrait, il n'allait pas la décevoir.

Il lui tendit la main.

— Prête à y aller ?

La petite main de Stacey glissa dans la sienne. Il referma ses doigts autour des siens, inquiet qu'ils soient trop rugueux contre sa peau douce, mais avant qu'il ne puisse reculer, elle l'entraînait déjà vers la porte. Attrapant son chapeau au passage, il secoua la tête. Sa mère allait le tuer.

Dans un ranch aussi grand que celui des Farraday, une chose était sûre : avec chaque saison de naissances, il y avait des pertes. Ce qui signifiait qu'à tout moment, il y avait un veau ou un poulain sans mère.

Dans la grange, il s'accroupit pour être à la hauteur de Stacey.

— Il y a beaucoup de règles dans un ranch.

À sa surprise, Stacey hocha la tête. Peut-être que sa tante n'avait pas tort.

— Pour l'instant, tu restes près de moi et tu fais exactement ce que je dis.

Cette fois, elle cligna des yeux, mais il reconnut l'accord dans son regard.

— Ne marche jamais derrière les animaux.

Il attendit. Lorsqu'elle comprit qu'il n'irait pas plus loin sans réaction, elle hocha la tête. Son cœur fit un petit bond.

— Ne t'approche jamais assez près pour toucher un animal sans un adulte à côté de toi.

Elle hocha de nouveau la tête.

— On va donner une petite friandise à Pharaon et à quelques autres chevaux. Ensuite, on ira voir les poulains. D'accord ?

Cette fois, elle cligna seulement des yeux. Deux réponses sur quatre, ce n'était pas si mal. Il prit une poignée de friandises dans la sellerie, les mit dans sa poche et l'emmena au box de Pharaon. Immédiatement, le grand cheval baissa la tête vers elle. Elle leva les yeux vers Connor, demandant silencieusement la permission, mais avant qu'il ne réponde, Pharaon s'avança et poussa doucement son épaule du nez.

Un geste qui aurait effrayé la plupart des enfants fit éclater Stacey de rire. Aussitôt, elle passa ses bras autour de son encolure.

— Doucement.

Connor attendit un instant avant de la ramener légèrement en arrière et de placer sa paume à plat sur l'encolure.

— Tous les chevaux aiment qu'on les gratte ici.

Comme si elle caressait un animal familier, Stacey passa la main le long du flanc de Pharaon, encore et encore.

— Bon. Maintenant… Tends la main à plat.

Stacey obéit aussitôt. Connor y déposa la friandise. Heureusement, Pharaon était patient et attendit pendant que Connor expliquait :

— Tu vas mettre ta main sous son nez pour qu'il prenne la friandise. Ses lèvres peuvent te chatouiller, mais tu gardes la main en place jusqu'à ce qu'il ait fini. D'accord ?

Les yeux pétillants, elle hocha la tête.

Connor inspira profondément et observa la petite fille faire exactement ce qu'il avait dit. Ses joues s'étirèrent en un large sourire lorsque les lèvres du cheval prirent la friandise. Une fois terminé, sans qu'on lui dise rien, Stacey recommença à caresser son encolure. Elle était douée. Vraiment douée.

En avançant le long des boxes, Stacey se lia d'amitié avec l'Appaloosa de Brooks au moment où Finn entra à cheval dans la grange, visiblement surpris. Descendant de selle, Finn passa la main entre les antérieurs du cheval.

— Il a besoin de refroidir ? demanda Connor.

Finn secoua la tête.

— Je l'ai fait marcher. Tu as déjà rentré Pharaon ?

— Oui, j'ai fini tôt dans le pâturage ouest.

Près du robinet, Finn attrapa un seau et le remplit d'eau.

— Je vois que tu as une assistante.

Connor secoua la tête.

— On visite.

Depuis l'arrivée de Finn, Stacey l'observait attentivement. Son regard suivait chacun de ses gestes — comment il descendait, manipulait les rênes, vérifiait l'état du cheval.

— Tante Eileen a fait des cookies, dit Connor.

Les yeux de Finn s'illuminèrent.

— Aux pépites de chocolat ?

— Avoine-raisins.

— Ça ira.

Connor regarda Stacey et réfléchit à toute vitesse. À quel âge avaient-ils appris à s'occuper d'un cheval ? Qu'avait promis sa tante ? Et combien de temps lui faudrait-il pour fuir quand Catherine découvrirait ce qu'il s'apprêtait à faire ?

— Va donc à la maison, on va s'occuper d'Ace.

Finn haussa un sourcil.

— Tu es sûr ?

Connor hocha la tête. Finn haussa les épaules, tapota l'encolure de son cheval, lui murmura quelques mots et repartit vers la maison.

Connor tapa dans ses mains.

— Prête à t'occuper du cheval de Finn ?

Pour avoir pris ce risque, Connor fut récompensé par un sourire et un hochement de tête.

— D'abord, on lui donne de l'eau.

Il remplit le seau à moitié pour qu'il soit plus léger.

— Voilà.

Elle attrapa la poignée et le porta avec une aisance surprenante. Elle tendit le seau au cheval et lança à Connor un sourire pendant qu'Ace buvait.

— Au box, on lui donnera encore de l'eau s'il en veut.

Le regard de Stacey se fixa sur le seau. Il comprit qu'elle avait une question.

— Trop d'eau d'un coup, et il peut avoir des coliques. Très douloureux.

Ses yeux s'éclairèrent de compréhension. Ensemble, ils retirèrent le harnachement. Stacey s'accrochait avec détermination, concentrée. Elle avait du cran.

Pendant les minutes suivantes, ils brossèrent le cheval avec les mêmes gestes doux qu'elle avait utilisés sur Pharaon.

— Ça permet de faire remonter la poussière, la saleté et la sueur.

Elle ne répondit pas, mais il savait qu'elle assimilait tout.

Ensuite, Connor utilisa une brosse dure, puis observa Stacey utiliser la brosse douce sur la tête et les pieds d'Ace avec une précision étonnante.

Quand il nettoyait les sabots, Stacey se pencha contre lui.

Une fois le cheval dans son box, Connor lui donna une moitié de pomme.

— Donne-lui en récompense.

Il observa, curieux de voir si elle se souvenait. Elle ouvrit la paume et la plaça sous le museau du cheval. Parfait.

Ace mangea. Elle lui caressa ensuite la mâchoire.

— Je dois encore nettoyer le matériel. Tu veux retourner avec tante Eileen ?

Le sourire de Stacey disparut. Il comprit aussitôt.

— Tu veux m'aider ?

Elle hocha la tête.

— Très bien.

Il lui sourit et lui tendit la main.

— Cours de nettoyage de selle, niveau débutant.

CHAPITRE DOUZE

— C'était gentil de me ramener à la maison.

Catherine avait passé la majeure partie de l'après-midi à accompagner Ruth Ann dans diverses maisons des environs. La plupart des articles qu'elle avait apportés avaient été laissés au pasteur, mais celui-ci leur avait donné une liste de personnes ayant exprimé un besoin d'aide. Ajoutant certains de ses dons aux colis déjà préparés, Catherine et Ruth Ann étaient parties dans une direction, tandis que Sally May et une autre dame de l'église prenaient l'autre.

Catherine avait eu la chance de croiser D.J., qui se rendait au ranch.

— Ruth Ann n'habite pas loin du ranch, selon les standards de l'ouest du Texas, mais j'allais dans cette direction de toute façon.

— Tu passes beaucoup de temps au ranch ?

— Certains jours plus que d'autres.

D.J. tapotait du doigt sur le bord du volant.

Catherine ne connaissait pas bien ce Farraday, mais elle avait observé suffisamment de témoins et de jurés au fil des ans pour reconnaître un homme qui avait quelque chose de désagréable en tête.

— Journée difficile ?

— On peut dire ça.

Son doigt continuait de tapoter sur le volant.

Catherine était presque sûre qu'il ne se rendait pas compte de ce qu'il faisait. Son regard était fixé sur l'immensité de la route qui s'étirait devant eux. Quoi qu'il se passe dans la tête de ce Farraday, ce n'était pas ses affaires, mais elle tenta sa chance quand même.

— Problème professionnel ou personnel ?

D.J. lui jeta un regard en biais.

— Dans une ville de cette taille, le professionnel est presque toujours personnel.

— L'endroit n'est pas si petit.

En circulant aujourd'hui, elle s'était rendu compte que Tuckers Bluff et les maisons périphériques, techniquement comprises dans les limites de la ville, étaient aussi vastes que de nombreuses banlieues de Chicago, simplement plus espacées.

— Ça s'agrandit chaque jour.

— Pourquoi ça ?

— Le pétrole nous maintient occupés, ainsi que les entreprises et les gens qui l'accompagnent.

— Mais on est assez loin des grandes villes.

Du moins, c'était l'impression qu'elle avait eue en conduisant depuis Dallas.

— C'est vrai. Quand j'étais jeune, tous les enfants de la ville rêvaient d'échapper à ce mode de vie.

— Même toi ?

— Même moi. Et comme moi, les gens reviennent. Ils trouvent un moyen de faire fonctionner leur vie et leur famille dans un rythme moins frénétique.

— Dorothy et Oz. Rien ne vaut son chez-soi.

D.J. hocha la tête.

— Quelque chose comme ça.

— Alors qui te tracasse autant ? Pas besoin de citer de noms, je ne saurais pas qui ils sont de toute façon.

— C'est une affaire publique. J'ai dû répondre à un appel aujourd'hui. Violence conjugale.

Catherine attendit.

— J'étais à l'école avec ce type. Le sel de la terre. Et maintenant…

— Maintenant, il y a de l'orage dans le couple.

La tête de D.J. hocha de haut en bas.

— Il est en cellule.

Quelque chose lui disait que mettre son copain de lycée sous les verrous n'était pas tout ce qui le tracassait.

— Ce n'est sûrement pas la première fois que tu dois arrêter quelqu'un que tu connais ?

Il secoua la tête.

— Je vais y arriver.

— J'en suis certaine.

Et elle l'était. Il était évident qu'il se souciait des habitants de sa ville. Et c'était ce souci qui faisait les meilleurs policiers. Regardant par la vitre latérale, son esprit revint à Stacey et à tout ce qui s'était passé en quelques jours seulement.

— J'espère que ma fille n'a pas été trop difficile pour ta tante.

— Ce sera le jour.

D.J. laissa échapper un souffle amusé.

Elle était contente de le voir sourire.

— Pourquoi ça ?

— Il n'y a pas un enfant dans ce comté que ma tante ne puisse gérer, et Stacey est vraiment une enfant facile. Il n'y aura aucun problème. Je parie que Tante Eileen est soit en train de cuisiner sans s'arrêter, soit en train d'organiser un goûter.

— Elle faisait beaucoup de goûters avec vous, les garçons ?

Catherine ravala un sourire.

— Pas vraiment.

D.J. secoua encore la tête, toujours souriant.

— Je suppose qu'elle en a fait un peu trop avec Grace pour compenser toute la testostérone à la maison.

— Donc, si je comprends bien, je dois m'attendre à ce qu'elle gâte ma fille ?

Il hocha légèrement le menton.

— Quelque chose comme ça.

Des réponses bien vagues. Elle commençait à penser que « quelque chose comme ça » faisait partie de ses expressions préférées. Et elle espérait, au fond d'elle-même, que peut-être Tante Eileen réussirait à atteindre Stacey comme personne d'autre n'y était parvenu. À part peut-être le cheval de Connor. Ou ce drôle de chien.

— Comme tu es jolie comme un cœur.

Tante Eileen détaillait Stacey dans une des robes à volants qu'elle avait confectionnées pour Grace lorsqu'elle pensait vouloir apprendre le square dance. Cette lubie n'avait duré qu'une heure après que la robe fut terminée. Connor s'en souvenait parfaitement. Tout comme des leçons de piano et de ballet abandonnées. La seule chose qui avait duré, c'était les chevaux. Probablement génétique.

Stacey tourna sur elle-même, soulevant la jupe en un large cercle, puis se glissa à côté de tante Eileen près de l'évier.

— Tu as déjà épluché des pommes de terre ?

La tête de Stacey bougea légèrement de gauche à droite. Pas un vrai non, mais suffisant. Connor se demanda si elle perdait simplement sa timidité ou si le contact avec les animaux l'aidait vraiment. Ou peut-être qu'il réfléchissait trop à quelque chose qui ne le regardait pas.

Tante Eileen lui tendit une pomme de terre, tira une chaise près de l'évier et installa Stacey dessus. Se plaçant derrière elle, les bras autour de la petite, elle lui montra comment manier l'économe.

— Il y a quelqu'un ?

La voix de D.J. venait de l'entrée.

Depuis quand l'un des frères s'annonçait-il ? La maison des Farraday aurait aussi bien pu avoir une porte tournante tant les amis et la famille entraient et finissaient toujours dans la cuisine. Connor s'apprêtait à répondre quand Catherine apparut.

— J'ai eu un lift avec le chef de la police.

Elle afficha un sourire malicieux.

Quelques pas derrière elle, D.J. entra à son tour, sans insigne ni ceinture, sa chemise d'uniforme sortie du pantalon et largement déboutonnée. Jamais Connor ne l'avait vu aussi… négligé. Et ça le fit sourire. Aucun des Farraday ne connaissait grand-chose aux petites filles, mais tous tenaient assez à elles pour enfreindre les règles plutôt que de les effrayer.

Dès que Tante Eileen posa les yeux sur D.J., son sourire disparut. Connor regarda de plus près. À part la chemise, rien d'inhabituel. Même expression fermée que d'habitude. Mais enfant, ils s'étaient souvent demandé si Tante Eileen n'avait pas hérité d'un don irlandais pour lire dans les pensées. Elle les démasquait toujours. Et sinon, elle leur donnait une leçon plus tard.

— Où sont Papa et Finn ?

— Un des employés a vu un veau coincé dans l'étang. Sean et Finn sont partis il y a quelques minutes.

Absorbée par sa pomme de terre, Stacey ne se retourna même pas quand sa mère arriva à côté d'elle et lui embrassa le sommet du crâne.

— Tu as passé une bonne journée, ma puce ?

Stacey hocha la tête une fois sans lever les yeux. Les yeux de Catherine s'arrondirent comme des pleines lunes, puis elle tourna brusquement la tête vers Tante Eileen, puis Connor, puis sa fille.

Donc ce n'était pas seulement de la timidité. Et peut-être que Tante Eileen avait vu juste avec les chevaux.

— Le dîner est presque prêt, tu as déjà mangé ? demanda tante Eileen.

Encore sous le choc, Catherine secoua la tête, le regard toujours posé sur sa fille.

— Bien. Alors tu restes.

Catherine acquiesça, s'éloigna lentement et leva les yeux vers Eileen.

— Je peux aider ?

— Non. Stacey et moi avons tout sous contrôle. Toi et les garçons, allez vous asseoir un moment. Je vous apporte de la limonade aux myrtilles.

Connor posa la main dans le bas du dos de Catherine et la guida vers le salon. Son regard revenait sans cesse vers Stacey, occupée à éplucher une énorme pile de pommes de terre.

Une fois tout le monde assis, Tante Eileen entra avec un plateau de verres.

— Voilà.

Elle posa le plateau sur la table basse, jeta un coup d'œil vers la cuisine, puis se tourna vers D.J.

— Qu'est-ce qui s'est passé ?

D.J. se pinça l'arête du nez.

— Jake Thomas a attrapé Charlotte à la gorge au Silver Spurs.

Les doigts d'Eileen se portèrent à sa bouche.

— Elle va bien ?

D.J. hocha la tête.

— La moitié de la ville est intervenue. Il est en cellule.

— Et Charlotte ?

— Je l'ai laissée avec Brooks. Elle est surtout secouée. Elle aura probablement des bleus. Mais il a fallu Adam, Burt et Frank pour le maîtriser. D'après les témoins, si je ne le connaissais pas, je dirais qu'il était sous l'effet de drogues dures.

Connor savait de quoi il parlait. Certaines drogues rendaient les gens anormalement forts. Il avait vu ça en Floride. Une femme sous Flakka avait brisé la vitre d'une voiture de police.

— Brooks a fait une prise de sang. Résultats dans un jour ou deux. Mais je n'y crois pas.

— Au café hier, j'ai entendu dire qu'il ne s'en prend pas qu'à sa femme.

D.J. se redressa.

— Qu'as-tu entendu ?

— Burt Larson dit qu'il s'en est pris à Jim Brady. Et Mme Peabody a parlé d'un incident avec Tess Rankin. Qu'est-ce qui peut changer un homme comme ça ?

— Au moins cette fois, je peux le garder en détention sans plainte de Charlotte, mais…

Personne ne termina la phrase. Enfermer Jake stopperait les violences pour l'instant, mais ne réparerait pas la famille. Surtout si Charlotte continuait à le défendre.

— Je peux peut-être aider.

Catherine posa son verre.

— J'ai travaillé bénévolement pour un refuge à Chicago. Si ça peut servir, je peux parler à sa femme.

— C'est gentil, mais je ne suis pas sûr que ça changera quelque chose pour l'instant.

D.J. se pencha en avant.

— J'essaie de lui faire entendre raison, mais elle est

têtue. On patrouille plus souvent dans leur rue, on passe au magasin d'alimentation, Adam a essayé de parler à Jake…

— Et rien ne change, conclut Catherine. C'est une situation terrible.

— Je ferais mieux de retourner auprès de mon assistante.

Eileen se leva puis s'arrêta.

— Vingt-cinq ans dans cette ville, et jamais rien de tel. Je ne sais pas quoi faire.

Sans attendre de réponse, elle afficha un sourire pour Stacey et retourna dans la cuisine.

CHAPITRE TREIZE

— C'était vraiment gentil de ta part de la porter comme ça, chuchota Catherine en tenant la porte ouverte pour Connor.

La journée passée chez les Farraday avait épuisé Stacey. Quand le moment de partir était enfin arrivé, Stacey avait ignoré sa mère jusqu'à ce que Catherine promette qu'elle pourrait revenir demain. Une fois qu'ils furent tous montés dans la vieille camionnette de Connor, il avait à peine mis le contact que la fatigue l'avait emporté et Stacey s'était endormie.

— Pas de problème. Par où ?

Connor s'arrêta à la porte et cala Stacey sur son épaule avec l'aisance d'un père aimant. Immédiatement, elle se blottit contre lui, ses doigts cherchant puis se posant contre son cou.

Cette vision coupa le souffle de Catherine.

— On dort ici.

Menant le chemin vers la chambre d'amis du rez-de-chaussée près de la cuisine, Catherine jeta un coup d'œil par-dessus son épaule, gravant dans sa mémoire l'image de sa fille blottie en sécurité contre l'épaule de Connor. Elle repoussa les draps du grand lit qu'elle partageait avec Stacey, puis s'écarta pour faire de la place à Connor. Dès que sa tête toucha l'oreiller, Stacey se roula sur le côté et se pelotonna contre le matelas. Catherine lui retira ses chaussettes et ses chaussures sous l'œil attentif de Connor, évitant de risquer de la réveiller en essayant de lui mettre son pyjama.

Doucement, Catherine ferma la porte derrière eux et fit signe à Connor d'entrer dans la pièce principale.

— J'espère qu'elle dormira toute la nuit encore.

— Elle n'aime pas les lits étrangers ?

Connor s'arrêta à côté d'elle.

— Peut-être, mais elle fait des cauchemars depuis la mort de son père. Ça s'est atténué avec le temps. Avant, c'était toutes les nuits. Parfois deux fois. Maintenant, c'est quelques fois par semaine. Elle dormait déjà toute la nuit avant qu'on quitte Chicago et ne s'est pas réveillée depuis qu'on est arrivées ici. Si ça continue, ce sera sa plus longue série de nuits complètes.

— Je suis désolé d'entendre ça.

Son regard glissa vers la porte fermée de la chambre de Stacey.

— C'est une enfant adorable.

— Elle était vraiment heureuse avant. Je ne vais pas te mentir. Mon mari et moi travaillions énormément. On pourrait dire qu'on était deux bourreaux de travail faits l'un pour l'autre. Quatre-vingts heures, c'était une petite semaine. Stacey passait la plupart de ses heures d'éveil avec une nounou. Il y avait des jours où on ne la voyait pas du tout, mais c'était une petite fille heureuse.

Connor reporta son attention sur Catherine, et à sa surprise, son regard ne contenait ni jugement ni reproche. Plutôt de la curiosité. Ou peut-être de la compréhension.

— Je suis désolée, je ne voulais pas te raconter tout ça. Travailler autant ne laisse pas beaucoup de place aux amitiés, et mon père ne voulait certainement pas entendre quoi que ce soit qui ressemble à une plainte. Toute ma vie, on m'a appris à encaisser. Et je l'ai fait. Sauf quand il s'agit de Stacey. J'en ai trop dit.

— Non. Je… j'aimerais en entendre plus.

Catherine acquiesça. Elle voulait partager sa petite fille avec quelqu'un d'autre qu'un thérapeute aux promesses creuses.

— Allons nous asseoir sur la véranda, comme ça je pourrai entendre si elle se réveille.

Connor la suivit dehors, attendit qu'elle s'assoie sur la vieille balancelle et, appuyé contre la rambarde, croisa les chevilles.

— Qu'est-ce qui s'est passé ?

Catherine se redressa et replongea dans ses souvenirs.

— Elle adorait les gens. Et elle adorait son père. David n'était pas très joueur. Aucun de nous ne l'était. Une promenade au parc restait une promenade. Les quelques heures qu'on avait ensemble, on les passait dans un musée ou une galerie plutôt qu'au parc. Mais la plupart du temps, les moments de qualité, c'était Stacey sur les genoux de David pendant qu'il lisait un Louis L'Amour à voix haute, ou moi qui lui lisais du Dickens.

— Tu lisais Dickens à une enfant ?

La surprise dans ses yeux fit sourire Catherine.

— La version illustrée pour enfants.

Connor inclina la tête, ni d'accord ni en désaccord, puis son sourire s'élargit.

— Il existait une version illustrée de Louis L'Amour ?

— Non.

Elle inspira profondément pour calmer le trouble qui montait en elle chaque fois qu'il lui adressait ce sourire nonchalant.

— La vraie version. Comme son père, elle adorait ça.

— La fille à papa.

Catherine acquiesça.

— Ce soir-là, je devais récupérer Stacey à une garderie spéciale pendant que notre nounou était en vacances. Je me suis laissée absorber par le travail… et j'ai perdu la notion du temps.

Son pied poussa contre le sol et la balancelle se mit à osciller.

— David était rentré plus tôt avec un début de grippe. Il était plus proche de Stacey que moi, alors il est allé la chercher.

— Et c'est là que l'accident s'est produit ?

Elle se serra les bras.

— David est mort sur le coup. Stacey a détaché sa ceinture, et le premier policier sur place l'a trouvée en train de ramper sur son père, en le suppliant de se réveiller. Il a dû briser la vitre pour la sortir. Elle a encore une petite cicatrice ici.

Catherine montra sa tempe.

— Elle n'a plus dit un mot depuis.

Connor cligna longuement des yeux.

— Je suis désolé. Je ne sais pas quoi dire.

— Il n'y a rien à dire. C'est arrivé. On fait avec.

— Vraiment ?

Ces deux mots stoppèrent le mouvement de la balancelle. Elle avait essayé des thérapeutes, des psychiatres, même des herboristes. Rien n'avait aidé. Et maintenant, elle tentait l'air frais et la vie à la campagne.

— J'ai perdu trop de monde. Je ne peux pas laisser quoi que ce soit arriver à Stacey. Elle est tout ce qu'il me reste.

Connor hocha la tête.

— Et ton père ?

— Il ne vit que pour le droit. Peut-être qu'il était différent quand ma mère était en vie. Je n'étais pas beaucoup plus âgée que Stacey quand elle est morte. Je ne l'ai jamais connu autrement.

— Pas d'autres grands-parents ?

— Les parents de mon père voyagent beaucoup. Quand ils sont chez eux, c'est dans une vieille maison à Philadelphie. Quant aux parents de ma mère… il n'en a plus jamais parlé. J'ai toujours pensé qu'ils étaient morts avec elle.

Connor hocha la tête, regarda au loin puis revint vers elle.

— Je suis désolé. Les Brennan étaient des gens bien. Tu les aurais aimés.

— Je sais. Au moins, j'ai pu passer un peu de temps avec mon grand-père grâce à la technologie.

— C'est déjà ça.

Il sourit.

— Et toi ?

Catherine se pencha en avant. Elle en avait assez de parler d'elle.

— Tu disais vouloir élever des chevaux ?

Connor hocha la tête.

— Oui. Quand j'étais gamin, pendant que les autres s'occupaient du bétail ou des clôtures, moi je m'éclipsais pour observer les mustangs sauvages.

Il sourit, un sourire en coin qui lui donna envie de sourire aussi.

— Je pouvais les regarder pendant des heures. Parfois, je m'en approchais. Certains jours, j'avais l'impression de pouvoir lire dans leurs pensées.

Il haussa les épaules.

— Et visiblement, les chevaux m'aiment aussi.

Catherine se leva et s'appuya contre la rambarde à côté de lui.

— Qu'est-ce que tu veux dire ?

— J'ai un don. Quand un cheval est difficile, on me l'amène. Je travaille avec lui.

— Comme un chuchoteur de chevaux ?

Connor éclata de rire.

— Pas vraiment. Il s'agit de comprendre leur mentalité. Gagner leur confiance. Trop de gens veulent briser ces animaux.

Il secoua la tête.

Catherine observa son regard. Elle y voyait une volonté d'acier et une profonde force intérieure.

— Tu obtiendras ce que tu veux.

Leurs regards se croisèrent à quelques centimètres. L'air sembla vibrer entre eux. Il inspira profondément, ferma les yeux, puis les rouvrit lentement. Son doigt effleura sa joue.

— Vraiment ? murmura-t-il.

Elle hocha la tête.

La question était de savoir si elle obtiendrait, elle aussi, ce qu'elle voulait.

La folie s'était emparée de lui. Plus rien n'avait de sens. Il n'y avait plus que ce besoin irrépressible de goûter cette femme. Ses doigts brûlaient, son cœur martelait. Ce n'était pas une bonne idée. Mais il s'en fichait.

Sa main glissa autour de sa taille et, d'un léger mouvement, elle bascula contre lui. Sa poitrine douce contre son torse dur. Son sang afflua ailleurs. Et il s'en fichait toujours.

Un souffle surpris lui échappa. Lentement, malgré l'urgence en lui, ses lèvres rencontrèrent les siennes. Douces. Parfaites. Ses mains se resserrèrent autour de lui, le rapprochant encore.

L'avait-il déjà désirée autant ? Ce baiser semblait tout et pas assez. Il en voulait plus… mais pourrait se contenter de ça toute sa vie.

Toute sa vie ?

Ses pensées vacillèrent. Sa main descendit dans son dos, la rapprochant. Le moindre mouvement envoyait des décharges en lui. Il pourrait se perdre en elle.

Puis une pensée s'imposa. Stacey dormait à quelques mètres. Et Catherine… portait encore tant de douleur.

Les mots de son père résonnèrent : il y a des règles.

Avec un effort immense, Connor se recula, posa son front contre le sien.

— Je suis désolé.

Il ne savait même pas pourquoi.

— Pas moi.

Elle recula jusqu'à la rambarde.

— Dis-m'en plus.

— Plus ?

Son cerveau refusait de coopérer.

— Ton projet. Tu veux agrandir le ranch ?

Il aurait préféré l'embrasser encore, mais il répondit.

— Je veux mon propre endroit. Mes propres écuries.

— Ton propre espace.

— Tu fais comme si je fuyais.

Elle rit doucement.

— Désolée. Quand ?

— Maintenant.

— Maintenant ?

— J'attends des papiers de la banque.

— Une approbation ?

Il hocha la tête.

— J'ai déjà une bonne somme, mais le financement a rencontré un problème.

— Donc tu as un endroit en vue ?

— Oui.

Il inspira profondément.

— En fait, je prévois de—

Le téléphone de Catherine sonna. Elle s'écarta.

— Allô ?

La voix au bout du fil était assez forte pour que Connor entende tout.

— Nous avons un problème…

— Non.

— Comment ça non ?

— Je ne serai pas là mardi. Stacey m'a fait un signe de tête aujourd'hui.

— C'est bien, mais—

— Papa. Non.

— Tu n'es pas ta mère. Tu n'as rien à faire ici. Ni Stacey. On peut vendre le ranch. Reviens.

Sa main se crispa.

— Je ne vends rien.

Ces mots brisèrent net les espoirs de Connor.

— Je ne comprends pas encore, mais je ne pars pas avant. Je suis désolée, papa.

Elle raccrocha, recula encore, se serra dans ses bras.

— Il se fait tard.

Et c'était tout.

Connor ne savait pas ce qui faisait le plus mal : perdre le ranch… ou elle.

CHAPITRE QUATORZE

— Eh bien, bonjour.

Brooks fit signe à son frère d'approcher.

— Je ne m'attendais pas à te voir en ville à cette heure-ci.

Connor posa son chapeau sur le porte-manteau le plus proche et tira une chaise à la table ronde. Depuis deux jours, après avoir surpris la conversation téléphonique de Catherine avec son père, il avançait comme avec un nuage au-dessus de la tête, ses seuls moments de lumière étant ceux passés avec Stacey. Quand Finn avait dit qu'il avait besoin de provisions en ville, Connor avait sauté sur l'occasion pour changer d'air. Déjeuner au café était toujours un moyen sûr de croiser au moins un de ses frères.

— Tu as l'air fatigué.

Toni, la fiancée de Brooks, tapota l'épaule de Connor.

Meg, la femme d'Adam, était leur serveuse.

— Thé glacé ?

Il aurait préféré quelque chose avec un peu de bourbon, mais ça ne passerait pas bien auprès de sa famille ni d'Abbie à cette heure de la journée. De toute façon, la propriétaire du café ne servait pas d'alcool, mais elle était presque aussi mère poule que sa tante et ses acolytes, simplement un peu plus jeune.

— Ça me va.

Becky, l'assistante vétérinaire d'Adam, lui sourit et agita les doigts comme lorsqu'elle était enfant et jouait avec sa sœur Grace. De la même manière qu'elle saluait tous les frères. Sauf Ethan. Lui avait droit à un bonjour en bonne et due forme, généralement accompagné d'un sourire timide ou d'un autre effort pour attirer son attention.

— Des nouvelles d'Ethan récemment ? demanda-t-il.

Becky regarda autour de la table.

— Tu me demandes à moi ?

— Oui.

Connor hocha la tête.

— Si vous n'avez pas eu de nouvelles de lui, pourquoi en aurais-je ?

Sa voix monta d'un cran.

— Je pensais juste que vous étiez… amis…

Il n'eut pas le temps de finir. Debout à côté de lui, sa belle-sœur lui donna un coup de pied, fort.

— Aïe.

Meg lui lança un regard noir qui disait clairement réfléchis avant de parler, puis se tourna vers Becky.

— Abbie dit que Donna est presque prête à revenir de son congé maternité. Elle a trouvé quelqu'un pour garder le bébé ?

— Oh oui.

Le sourire de Becky s'éclaira au changement de sujet et son ton sembla soulagé.

— Sa mère a finalement décidé qu'elle pouvait prendre une retraite anticipée. Comme ça, Donna a une garde de confiance et il y a un poste à pourvoir au bureau de poste de Tuckers Bluff.

— Ce sera une belle place pour quelqu'un, ajouta Meg.

— C'est sûr. Et maintenant que tu ne remplaces plus Donna, tu peux ouvrir ton B&B. Il est presque prêt, non ?

Meg sourit d'une oreille à l'autre.

— Presque. Je vais faire une inauguration pour les habitants d'abord, que tout le monde puisse voir.

— Super. Tu viens à la soirée filles ce soir ? On va au Boots 'n Scoots.

Meg secoua la tête.

— Encore trop de choses à faire. Et la partie de poker demain ? Tu te joins aux dames cette semaine ?

— Peut-être.

Becky haussa les épaules, puis sourit.

— Probablement.

— Elle a entendu dire que tante Eileen a convaincu la

petite-fille de Ralph de venir. Ça va sûrement être la plus grosse partie du club social depuis que ma femme est arrivée en ville, dit Adam en attrapant la main de Meg pour la serrer.

Meg rit.

— Je ferais mieux de prévenir Frank de s'attendre au double de clients samedi midi.

Elle pressa la main de son mari une dernière fois puis fila vers la cuisine.

— Eh bien, dit D.J. en souriant, ça va donner à Frank de quoi râler pendant une semaine.

— Pourquoi est-il si grincheux ? demanda Toni.

Brooks haussa les épaules.

— Ça doit être un truc de Marine.

Comme sur commande, D.J. et Connor se raclèrent la gorge.

— Ou pas, ajouta Brooks avec un sourire.

— La prochaine fois, je vous ferai un exposé sur les mérites du Corps des Marines, mais je dois y aller.

D.J. repoussa sa chaise.

— Je suis déjà resté trop longtemps.

Il se leva, prit son chapeau et balaya le café du regard. Repérant Abbie, il attendit qu'elle le regarde, souleva son chapeau et sourit lorsqu'elle lui rendit son sourire.

— Je déteste dire ça, dit Becky en se levant, mais je dois y aller aussi. J'ai promis à Kelly de ne pas m'attarder pour qu'elle puisse partir plus tôt.

Elle battit des cils.

— Rendez-vous galant.

— À midi ? demanda Toni.

— Non, ce soir, mais tu sais… préparation.

Becky secoua la tête en riant.

— Si j'avais un corps comme le sien, la seule préparation dont j'aurais besoin serait…

Elle jeta un coup d'œil aux hommes à table et soupira.

— Laisse tomber. Je dois filer.

— Je t'accompagne, dit Toni. Désolée de manger et partir, mais j'ai laissé de la pâte lever et—

Ignorant tout le monde, Brooks l'interrompit d'un baiser.

— À plus tard ?

— Évidemment.

Elle lui sourit.

La dynamique familiale avait bien changé depuis la dernière fois que Connor était rentré.

— On dirait que tu es heureux, dit-il à Brooks.

— Oui.

Ses yeux restèrent fixés sur Toni qui s'éloignait.

Connor jeta un coup d'œil à Adam, qui observait sa femme servir une table de touristes.

Peut-être qu'il y avait quelque chose dans l'eau.

Il regarda son verre.

Ou dans le thé glacé.

— Combien de temps ça vous a pris pour le savoir ? demanda-t-il à la cantonade.

Ses deux frères se tournèrent vers lui.

Il ne s'était même pas rendu compte qu'il avait parlé à voix haute. Soudain conscient de l'endroit, il jeta un regard autour de lui. La table la plus proche était pleine de vaisselle sale, mais vide.

— Tu veux préciser ? demanda Brooks.

Adam ricana.

— C'est qui ?

Brooks fronça les sourcils.

— Qui, qui ?

— Oh, franchement.

Adam leva les yeux au ciel.

— Tu pensais vraiment que toi et moi serions les seuls Farraday à tomber amoureux ?

— Attendez.

Connor leva les mains.

— Personne n'a parlé d'amour.

— Si, toi.

Adam agita la main vers lui.

— Tu as demandé quand on a su. Ou tu parlais de Becky qui craque pour Ethan ?

— On devrait arrêter de l'embêter avec ça.

Brooks haussa les épaules.

— Elle a arrêté de nous demander de ses nouvelles à

chaque occasion il y a des années.

Adam leva un sourcil. Brooks ouvrit la bouche.

— Elle te demande encore ?

Adam hocha la tête.

— Moins souvent. Et, pour être honnête, elle demande aussi souvent de tes nouvelles.

Il regarda Connor.

— Moi ? Pourquoi ?

— Parce que toi, Ethan et Grace êtes les seuls à ne pas vivre en ville. Et c'est moins suspect si elle vous inclut tous les trois.

Brooks secoua la tête.

— On dirait les vieilles du club social.

Avant que quelqu'un ne réponde, D.J. revint d'un pas décidé, chapeau à la main, et se dirigea droit vers leur table. Connor sentit sa nuque se tendre. Brooks aussi.

Adam se redressa.

— Qu'est-ce qui se passe ?

D.J. secoua la tête et souffla.

— Les résultats sont tombés pour Jake Thomas.

— Et ? demanda Brooks.

— Rien. Pas de drogue.

Adam s'appuya sur un coude.

— Je ne sais pas si c'est une bonne ou une mauvaise nouvelle.

— Lutter contre une dépendance, c'est difficile, mais parfois plus simple que de corriger la méchanceté, répondit D.J.

Brooks hocha la tête. Connor pouvait presque voir ses pensées filer dans tous les sens.

Même s'il n'aimait pas entendre parler des problèmes des Thomas, il était soulagé que la conversation s'éloigne de sa propre vie sentimentale.

Connor n'était pas prêt à penser à l'amour. Encore moins avec une femme qu'il connaissait depuis moins d'une semaine, avec une petite fille de cinq ans et tout un passé derrière elle.

Et pourtant, ces derniers soirs, quand Catherine venait chercher Stacey, une seule chose était sûre : il n'était sûr de rien.

Au début, Catherine avait hésité à accepter l'offre d'Eileen de garder Stacey l'après-midi pour lui permettre d'avancer dans les affaires de son grand-père. Mais même si Stacey ne hochait toujours pas la tête ni ne souriait à sa mère, elle avait changé. Elle semblait plus légère. Plus heureuse. Catherine le voyait. Et après presque deux ans avec un enfant renfermé et perdu, elle ne pouvait pas lui refuser ces après-midis passés à colorier et cuisiner avec ce qui ressemblait le plus à une grand-mère qu'elle aurait jamais.

Catherine aurait simplement voulu comprendre ce qui se passait avec Connor. Depuis quelques jours, il gardait ses distances. Et c'était sa faute. Elle n'avait pas bien réagi après le baiser. Elle avait été presque aussi surprise par le geste que par sa propre réaction. Mais elle n'avait pas voulu le repousser complètement. Enfin… elle ne le pensait pas. Maintenant, elle n'arrivait ni à trouver le moment ni le prétexte pour en parler. Tout ce qu'elle obtenait, c'était un signe de tête ou de la main de l'autre côté de la pièce. À table, il s'asseyait à l'autre bout et ne parlait que si quelqu'un lançait la conversation. Ses réponses se limitaient à un hochement de tête ou un signe négatif.

— Stacey a aidé pour les tartes aux myrtilles.

Eileen désigna deux tartes qui refroidissaient près de la fenêtre.

Le parfum des pâtisseries fraîchement sorties du four avait accueilli Catherine dès qu'elle était entrée.

— Ça sent délicieux. Où est Stacey ?

Le regard d'Eileen glissa vers la porte arrière puis revint.

— Connor l'a emmenée cueillir des petits pois dans le jardin.

— Oh.

Catherine jeta un coup d'œil par la fenêtre et résista à l'envie d'aller les rejoindre.

Si seulement elle pouvait oublier ce fichu baiser. Son grand-père n'avait rien jeté depuis le jour où il avait repris le ranch. Et il n'avait rien trié non plus depuis une éternité. Malgré toute la concentration que cela demandait, elle se surprenait à penser aux bras de Connor autour de sa taille, à ses mains sur ses fesses, à ses lèvres sur les siennes. Puis elle revenait à elle et constatait qu'elle avait empiré le désordre.

Un seau de petits pois à la main, Stacey apparut en souriant à la porte arrière, les genoux couverts de terre et la chemise poussiéreuse. Catherine se demanda quel genre de jardin entretenait tante Eileen.

Connor entra derrière elle, tout aussi couvert de terre, et Catherine ne put s'empêcher de penser à quel point elle aimerait le débarrasser de ces vêtements sales. Bon sang.

Connor avait dit qu'il était désolé de l'avoir embrassée. Elle ne savait pas s'il se montrait galant ou s'il regrettait vraiment. Un baiser n'était pas grand-chose, mais généralement un baiser en appelait un autre… puis davantage… jusqu'à finir enlacés sous les draps. Elle n'imaginait pas un homme ne pas vouloir ça. N'importe quel homme. Puis peut-être que les femmes comme elle n'attiraient que les hommes en costume.

— Je vais les prendre. Vous deux, allez vous laver.

Eileen prit les petits pois et sourit à son neveu. Mais ce qui bouleversa Catherine, ce fut le bref sourire que Stacey adressa à Eileen.

— Je devrais aller l'aider.

Catherine fit un pas.

— Ce n'est pas nécessaire.

Eileen lui adressa un sourire rassurant.

— J'ai laissé des vêtements propres sur le lit. J'espère que ça ne te dérange pas. J'ai trouvé encore quelques affaires dans les malles.

Catherine secoua la tête. Dans sa vie d'avant, elle n'aurait jamais accepté des vêtements d'occasion. Mais ici, où sa fille s'illuminait à la vue de bottes roses et d'une petite ceinture à boucle argentée, tout était bon à prendre.

— Merci.

Connor contourna la pièce en gardant ses distances. Catherine recula à son tour. Elle lui laisserait l'espace dont il avait besoin. Au moins le temps de comprendre ce qu'elle allait faire pour Stacey.

Et peut-être qu'une fois qu'elle saurait combien de temps elle resterait à Tuckers Bluff, elle saurait aussi quoi faire de Connor Farraday.

CHAPITRE QUINZE

— Tu vas devoir dire à sa mère ce que tu mijotes, dit Sean Farraday en se versant un grand verre de lait pour accompagner les œufs et les pancakes dans son assiette.

— Pas encore, intervint Eileen. Catherine est encore trop nerveuse face à la vie au ranch. Elle ferait ses bagages et repartirait avec l'enfant en un clin d'œil si elle savait ce que Connor fait.

Sean piqua une bouchée d'œufs brouillés.

— C'est son droit. C'est son enfant.

Eileen se tourna vers Connor.

— Qu'en penses-tu ?

— Je pense qu'il vaut mieux demander pardon que permission, répondit Connor en attrapant le bol de gruau. Mais Papa a raison. Je ne peux pas continuer comme ça éternellement. J'étais sûr que Catherine allait comprendre qu'on ne faisait pas que cueillir des petits pois hier soir, quand elle a vu dans quel état on était.

Arrivé tard après sa routine du samedi matin, Finn salua tout le monde d'un signe de tête, prit une assiette sur le comptoir et les rejoignit à table.

Sean reprit la conversation.

— J'imagine que ça s'est bien passé hier ?

Le souvenir de Stacey qui lui souriait par-dessus son épaule chaque fois qu'ils contournaient un tonneau le fit sourire.

— Mieux que bien. Stacey adore tout ce qui concerne les chevaux.

Et il avait vraiment aimé l'avoir assise sur ses genoux.

— Bien sûr, on a à peine commencé à trotter, mais chaque fois qu'on faisait demi-tour, elle tendait la main vers le drapeau.

Ce sourire resterait gravé dans sa mémoire.

— Elle adore vraiment ça.

— Et tu penses que c'est pour ça qu'elle nous sourit ? dit Sean en posant son verre vide dans l'évier.

— Oui. Réfléchis-y. Une partie du problème de Stacey vient d'une perte de contrôle après l'accident. Entre autres, elle n'a pas pu réveiller son père. Monter avec moi, tenir les rênes… pour une petite fille, pouvoir contrôler un cheval de plusieurs centaines de kilos, c'est extrêmement libérateur. Elle est passée de renfermée et maussade à souriante quand elle est avec les chevaux, et maintenant vous voyez à quel point elle nous sourit souvent.

— Et elle fredonne davantage, ajouta Finn en prenant un biscuit, remarquant que tout le monde le regardait. Quoi ? J'aime bien cette petite. Elle est mignonne. Et oui, elle est plus à l'aise ici.

— Je dois admettre, dit Eileen en jetant un coup d'œil vers l'entrée de la maison où Catherine et Stacey arriveraient d'une minute à l'autre, que même moi je ne m'attendais pas à voir autant de changements aussi rapidement.

— Moi si, affirma Connor en agitant sa fourchette. J'ai fait des recherches sur la thérapie équine et c'est vraiment impressionnant de voir à quel point s'occuper des chevaux et les monter peut aider les gens, que ce soit pour des handicaps physiques ou des difficultés émotionnelles. Enfants, adultes, les résultats sont remarquables.

Sean hocha la tête.

— Alors, quel est le plan aujourd'hui ?

— Je pensais la laisser monter seule sur son cheval. Je la guiderai en la tenant. On fera le parcours au pas. On verra comment elle s'en sort.

— Quel cheval ? demanda son père.

— Le palomino. Princess.

Sean hocha la tête.

— Bon choix.

La fourchette de tante Eileen resta suspendue en l'air.

— Un poney ne serait-il pas préférable ?

— Non. Les poneys peuvent être de vraies teignes, dit Connor avec un sourire. Princess est petite pour un quarter horse, à peine quatorze mains, donc c'est une bonne taille pour une première monte.

— Cette jument est d'un calme exemplaire, Eileen. Tous les enfants l'adorent, confirma Sean. Mais je maintiens que tu dois en parler à sa mère. As-tu pensé à ta responsabilité s'il lui arrive quelque chose ?

— Sean. N'y pense même pas.

Tante Eileen agita sa fourchette vers lui.

— Ne me regarde pas comme ça. Tous les enfants sont tombés de tout, des moutons aux chevaux, plus d'une fois ici, et ils sont toujours là. Mais tu sais aussi bien que moi que ce que Connor fait dépasse la simple équitation. Il apprend à cette petite à participer au Ranchathon avec des enfants qui ont grandi avec ces animaux, et je ne connais pas un seul enfant de ranch qui soit sorti de semaines d'entraînement sans au moins une égratignure.

Tante Eileen pinça les lèvres et fixa Connor, les yeux plissés.

— Promets-moi que tu ne laisseras rien, absolument rien, arriver à cette enfant.

Comment diable pouvait-il promettre une chose pareille ?

— Allons, tante Eileen, dit Finn en attrapant un verre de jus. Ce n'est pas comme si Connor la mettait dans un enclos avec un taureau au rodéo. Il est aussi prudent que possible et, même si personne ne m'a demandé mon avis, je suis d'accord avec toi et Connor. Vu la vitesse à laquelle cette petite s'y met, elle pourra bientôt dire elle-même à sa mère ce qu'ils font.

Leur père secoua la tête et se leva de table.

— C'est à toi de voir, fiston, mais n'oublie pas qu'il n'y a rien de plus dangereux que de contrarier une mère avec son petit.

Sean Farraday soutint le regard de Connor assez longtemps pour s'assurer qu'il avait bien compris, puis attrapa son chapeau.

— Je dois retourner au travail.

Finn se tourna vers son frère, haussa les épaules, puis se leva.

— Attends-moi, Papa, je viens avec toi.

La sonnette retentit au moment même où la porte d'entrée grinça et que de petits pas claquèrent sur le parquet, suivis des pas plus lourds de sa mère. Tenant un nouveau dessin de ce qu'il soupçonnait être son cheval bai, Pharaoh, Stacey tira sur sa manche.

Connor s'accroupit et la prit dans ses bras.

— Qu'est-ce qu'on a là ?

Affichant un large sourire, elle lui tendit le dessin et, de sa main libre, il accepta le précieux cadeau.

— Le plus beau dessin de Pharaoh que j'aie jamais vu. Merci, ma puce.

En tournant le dessin pour le montrer à Catherine et à sa tante, un frisson d'inquiétude lui parcourut la nuque en voyant leurs expressions aux yeux écarquillés. Il reposa doucement Stacey pour vérifier s'il ne l'avait pas égratignée avec sa boucle ou serrée trop fort. Ne voyant rien, il releva les yeux vers son visage toujours souriant. Rien d'anormal.

Alors pourquoi ces regards ?

— Qu'est-ce qui ne va pas ?

Tante Eileen secoua la tête et, au lieu de répondre, un léger sourire apparut sur son visage.

Complètement déconcerté, Connor se tourna vers Catherine.

— Elle…

Catherine inspira lentement puis expira.

— Elle voulait que tu la prennes dans tes bras.

Connor hocha la tête.

— Elle a tiré sur ta manche.

Il hocha de nouveau… puis comprit.

Il n'avait jamais vu Stacey demander ce qu'elle voulait. Ni avec des mots, ni avec des gestes. Elle ne montrait jamais du doigt. La plupart du temps, sa mère, sa tante et les autres devaient deviner.

Bon sang, c'était énorme.

Un sourire immense étira ses joues.

Oh oui… difficile d'imaginer que Catherine lui en

veuille quand il lui dirait enfin ce qu'il faisait.

Peut-être.

Entre les bavardages d'Eileen, ses histoires sur Grace et ses années de course de tonneaux, et les pensées de Catherine sur les progrès de Stacey depuis leur arrivée dans l'ouest du Texas, le trajet en ville lui sembla bien plus court que le premier.

Installée à une table au fond du Silver Spurs Café, Catherine ne comprenait toujours pas pourquoi un groupe qui se réunissait le samedi matin s'appelait un club de l'après-midi, mais elle n'allait pas remettre en question une tradition plus ancienne qu'elle.

— Tu devrais goûter les cake balls de Toni. Elles sont délicieuses.

Tante Eileen distribua une nouvelle main de cartes.

— Même si elle met moins d'alcool dans celles du café.

— Elle en met moins pour tout le monde maintenant, dit Sally May en regardant sa carte.

— C'était peut-être un peu excessif ce soir-là, murmura Dorothy en riant. Mais on s'est bien amusées.

— Trop bien, dit Becky en secouant la tête. J'arrive pour vous récupérer en m'attendant à trouver une partie de cartes tranquille, et je tombe sur un homme mort dans la grange et vous quatre complètement ivres à cause de ces gâteaux imbibés, en train de chanter et de rire comme des folles.

Un homme mort dans la grange ?

Catherine parcourut la table du regard. Personne ne semblait perturbé.

— J'ose demander ?

— Longue histoire, dit Sally May en lançant un jeton. Je suis.

— Pas moi, dit Dorothy en jetant ses cartes. Inutile d'insister avec ça.

Catherine attendit une explication.

— Triste histoire, dit Eileen. L'ex-mari de Toni l'espionnait quand une branche lui est tombée dessus.

— Mort sur le coup, ajouta Dorothy.

— Nuque brisée, précisa Sally May.

Becky lança un jeton.

— C'était un type violent, mais sans l'alcool, ça aurait été plus… digne.

— Digne mon œil, dit Sally May. Les hommes comme ça méritent pire.

— Souvent, ajouta Dorothy.

Et elles semblaient si douces au début.

— Désolée du retard, dit une jeune femme en s'installant. Je suis Kelly.

— Catherine, enchantée.

— Alors ? demanda Becky.

— Pas grand-chose. Bon danseur. Conversation correcte. J'étais un peu inquiète qu'il vive encore chez sa mère, mais bon…

Plusieurs hochèrent la tête.

— Je sens un « mais », dit Eileen.

— Oui. Il embrasse comme un poisson hors de l'eau.

— Comment un poisson peut-il se noyer ?

— Aucune idée, mais c'était horrible. Baveux, désordonné…

— Beurk, fit Becky.

— Voilà.

— S'il est gentil… commença Dorothy.

Toutes les têtes se tournèrent vers elle.

— Ne sois pas ridicule. S'il embrasse mal, il ne sert à rien au lit, et s'il n'y a pas moyen de passer quelques bonnes années avec un homme, à quoi bon en avoir un ?

Ce n'était pas du tout la conversation à laquelle Catherine s'attendait.

— Tu n'es pas d'accord ? demanda Sally May.

Son esprit revint aussitôt au baiser avec Connor.

Oui…

La chaleur lui monta aux joues.

— Tu vois, dit Sally May, elle est d'accord.

— Moi, je m'inquiéterais plutôt qu'il vive encore chez

sa mère, dit Dorothy.

— Pourquoi ? Finn et Connor vivent au ranch, répondit Eileen.

— Finn est destiné à le reprendre.

Eileen sourit.

— Et Connor a vécu ailleurs pendant des années. Il est revenu pour acheter…

Sally May s'interrompit.

— Son propre ranch, compléta Eileen.

— Oui, dit Catherine. Il me l'a mentionné.

— Vraiment ?

Le ton d'Eileen monta légèrement.

— Oui, il a travaillé dans le pétrole pour économiser.

— Il a commencé dans les champs, puis offshore. Ça rapporte plus.

— Ça doit coûter cher d'acheter un ranch ?

— Ça dépend, expliqua Dorothy. L'eau, le terrain… tout joue sur le prix.

— Et les chevaux, ajouta Eileen. Un bon cheval coûte une fortune.

— Donc tout dépend de trouver le bon endroit ?

Tous les regards se tournèrent vers elle.

Pas comme avant.

Autrement.

Comme si elles savaient quelque chose.

— Tu comptes rester après les funérailles ? demanda Sally May.

Le pied d'Eileen heurta le sien sous la table.

— Je pense, oui. Ma fille s'y plaît. Tout dépendra de mon travail.

Toutes acquiescèrent.

Mais Catherine le sentit.

Elles savaient quelque chose.

Et elle comptait bien découvrir quoi.

CHAPITRE SEIZE

Scrutant l'espace immense, Connor reconnut tous les habitants de plus de trente-cinq ans. Tous ceux qui se souvenaient du vieux Brennan étaient venus à ses funérailles.

Les bancs n'étaient pas complètement remplis, mais presque. En grandissant, les dimanches matin et l'église avaient été un rituel familial. Chemises boutonnées et pantalons bien repassés, la famille montait dans l'énorme Suburban, puis entrait dans le bâtiment historique et occupait toute une rangée.

Les habitués avec leurs nombreux enfants avaient toujours ce qui semblait être des places réservées. Troisième rangée à partir du devant, côté gauche : le banc des Farraday. Les Sullivan, les Brady et les Rankin avaient tous leur propre banc. Les familles de ranch avaient généralement le plus d'enfants. Les pères plaisantaient souvent à propos de la main-d'œuvre gratuite. Plus le ranch était grand, plus il fallait de bras. Enfant, avant d'être assez grand pour être vraiment utile, il avait appris quoi faire en observant Adam et Brooks avant lui. Ses frères aînés avaient deux ans d'écart, mais lui et Brooks n'étaient séparés que de treize mois.

D.J. vint à ses côtés. Pieds légèrement écartés, mains jointes derrière le dos, il se tenait au repos, comme à la parade. Un réflexe naturel pour un homme qui avait servi quatre ans dans le Corps des Marines et le reste de sa vie dans les forces de l'ordre.

— Je n'aime toujours pas les enterrements.

Connor hocha la tête. Aucun d'entre eux n'aimait ça. Les souvenirs de sa mère étaient rares, mais ceux qu'il avait étaient chéris, entretenus et gravés dans son esprit et son cœur. Parfois, lors d'une journée claire et venteuse, s'il se tenait juste au bon endroit et regardait vers le vieux chêne imposant où lui et ses frères trouvaient mille façons de se mettre dans le pétrin, Connor pouvait entendre sa mère les appeler pour le souper. Adam, Brookstone, Connor, Declan, Ethan. Le souper et les dimanches matin étaient toujours le moment pour leurs noms complets. Les jours où ils faisaient des bêtises, on leur rappelait les noms complets imprimés sur leurs certificats de naissance : Adam Sean, Brookstone Ryan, Connor Mathew, Declan James, Ethan Patrick. À seulement trois ans quand sa maman est décédée, Finn n'avait pas été assez grand pour avoir le plaisir d'entendre sa mère, debout, les pieds écartés, les poings sur les hanches, réciter l'énumération des noms. Cela dit, tante Eileen avait fait un excellent travail pour rassembler Finnegan George et Grace Maureen.

Il n'y avait pas eu un seul enterrement auquel il ait assisté au cours des vingt dernières années qui ne l'ait laissé avec un nœud dans la gorge, une douleur au cœur et la voix de sa mère résonnant à ses oreilles. « Je t'aime, mon petit garçon. » Ils avaient tous été ses petits garçons.

— Ce n'est jamais facile.

Sean Patrick Farraday vint se placer à côté de ses deux fils.

— Catherine et Stacey sont là. Tante Eileen est arrivée avec elles.

— Je croyais que tu devais la conduire ?

— Elle a insisté pour conduire elle-même. Eileen a fait sa magie et s'est débrouillée pour trouver une place.

Connor sentit un sourire étirer ses joues.

— Tante Eileen est plutôt douée pour se débrouiller.

— En effet, acquiesça son père. En effet.

Depuis le vestibule, Connor pouvait voir Catherine juste à l'intérieur des portes de l'église, penchée en train de parler à Stacey. La petite fille ne répondait pas, le regard figé droit devant elle. Elle lui rappelait trop comment elle avait été ces premiers jours au ranch. Et ça ne lui plaisait pas du tout. Stacey n'aimait manifestement pas les enterrements non plus. Deux pas en avant, un pas en arrière.

Remarquant le teint de plus en plus pâle et cireux que prenait Catherine à chaque pas, Connor était tiraillé entre se précipiter pour lui porter secours, n'importe quel secours, et rester à sa place. Dès qu'elle entra dans l'allée, le regard de Catherine se fixa droit vers l'avant de l'église. La cible de son regard intense et douloureux : le simple cercueil que Ralph avait choisi et payé des années auparavant. Au diable les convenances.

Serrant la main de Stacey un peu plus fort qu'elle ne l'aurait dû, Catherine remonta lentement l'allée. Le pasteur avait expliqué que les rangées de devant seraient réservées à la famille. Elle avait fait de son mieux pour expliquer qu'elle et Stacey étaient toute la famille qu'il y avait. Le seul frère de son grand-père était mort dans l'une des guerres. Jamais marié. Il y avait peut-être eu une sœur, elle n'était pas sûre. Sa mère et elle avaient été enfants uniques. Des filles uniques. Et maintenant Catherine était là avec son unique enfant.

À mi-chemin dans l'allée, elle entendit les murmures étouffés de nouvelles arrivées, et pourtant les bancs semblaient déjà remplis. Combien de gens son grand-père avait-il connus ? Toutes ces personnes tenaient-elles à lui ? Un reniflement étouffé attira son attention et elle se tourna vers sa gauche. Une dame âgée que Catherine n'avait jamais rencontrée tenait un mouchoir contre ses yeux. Un homme imposant, portant la fierté et la force des années passées à travailler la terre, la réconfortait d'un bras tendre autour de ses épaules. Quelques rangées plus loin, elle vit d'autres regards briller de tristesse. La douleur de la perte était toujours là, mais d'une certaine façon, moins vive.

À l'avant de l'église, elle aperçut les deux bancs vides réservés. Son cœur se serra à l'idée de se retrouver isolées, elle et Stacey, seules dans une mer de gens. Une famille de deux. Ce ne fut qu'après avoir guidé sa fille à sa place et entendu la voix grave et profonde lui murmurer de se décaler qu'elle réalisa que Connor l'avait suivie jusqu'au banc.

Clignant des yeux en levant les yeux vers lui, ses pieds restèrent immobiles, son esprit tentant désespérément de transmettre des instructions à ses membres récalcitrants.

— Encore un peu, chuchota-t-il près de son oreille.

Elle fit quelques pas de plus lorsqu'elle aperçut Sean Farraday et tante Eileen venir vers elle depuis l'autre côté des bancs. Installées entre Connor et ses parents, Catherine et Stacey n'étaient pas seules.

D'autres pas se firent entendre. Plus d'invités. Doucement, l'orgue se mit à jouer. Ou jouait-il depuis le début ? Les pas lourds s'arrêtèrent presque à côté d'elle. Tournant la tête, elle jeta un regard par-dessus son épaule. En file indienne, le reste du clan Farraday se glissa dans la rangée derrière elle. Adam, debout dans l'allée, fit passer Finn, Brooks, Toni, Meg, puis prit sa place au bord du banc.

Non. À Tuckers Bluff, aucun Brennan ne serait laissé seul.

Les paroles du prédicateur, l'éloge funèbre de Sean Farraday et toutes les condoléances se perdaient dans les recoins brumeux de l'esprit de Catherine. Si quelqu'un lui demandait comment elle était passée de l'avant de l'église à cette grande salle remplie de tables, de chaises, de gens et de suffisamment de nourriture pour nourrir la moitié de l'État, elle serait incapable de le dire.

— Tu as l'air d'avoir besoin de prendre l'air.

La voix de Connor perça le brouillard.

Cela semblait merveilleux. Mais clignant des yeux deux fois, elle balaya la pièce du regard de gauche à droite.

— Stacey est avec Toni.

Le regard de Catherine se posa sur sa petite fille, sa main dans la main protectrice d'une jolie blonde. Toni. La femme dont l'autre main était elle aussi tendrement tenue par un autre fils Farraday.

— Je ne comprends pas. Tenir la main de ta tante, d'accord, mais on connaît à peine l'infirmière de Brooks...

Catherine ne trouvait pas exactement quelle relation les

liait, même s'il était évident qu'ils étaient proches et amoureux. Catherine avait remarqué très tôt que tout le monde avait un rôle : la femme d'Adam, l'infirmière de Brooks, l'amie d'Eileen… mais Toni, elle avait été présentée comme une ancienne amie de Meg alors que n'importe qui pouvait voir que son attachement principal était à Brooks.

— Pour se faire des amis, Toni a expliqué qu'elle attendait un bébé. Cela a visiblement créé un lien instantané entre elles.

— Et ça expliquerait pourquoi ma fille fixe le ventre encore plat de Toni.

Connor laissa échapper un léger rire.

— Je suppose.

— Elle ne doit pas être très avancée.

— Pas vraiment.

Il lui prit doucement le coude.

— Il y a un très joli jardin par ici.

Confiante que Stacey était entre de bonnes mains, Catherine suivit Connor.

— Oh, wow.

La petite cour était un havre botanique au milieu de pâturages austères. Une épaisse pelouse verte s'étendait jusqu'à des clôtures bordées d'arbustes, avec une variété de vignes colorées et des touches de fleurs vives. Au centre, un chêne massif offrait un ombrage au-dessus d'un banc de pierre incurvé.

— Il est difficile de ne pas se sentir en paix ici, dit Connor en la guidant vers l'arbre.

— Merci.

Catherine s'assit sur le banc de pierre.

— J'en avais besoin.

— Je m'en suis douté.

Connor s'assit à côté d'elle.

— J'ai envisagé de te glisser discrètement un verre de vin sacramentel. Le père Tim ne l'aurait probablement pas remarqué, mais aussi sûr que son nom est Eileen Callahan, ma tante m'aurait démasqué immédiatement.

— C'est bon. Je préfère le vin blanc.

Connor hocha la tête, et Catherine eut l'impression qu'il le mémorisait.

— Lire certaines histoires de maman m'a rappelé à quel point j'aimais écrire quand j'étais jeune.

— C'est bien. Un lien avec ta mère.

C'est ce qu'elle avait pensé.

— J'ai écrit une histoire hier. Pourquoi avait-elle dit ça ?

— Vraiment ?

Un sourire nonchalant étira le coin de sa bouche, le même que tous les frères semblaient avoir, mais celui de Connor avait le don de la troubler presque.

— Vraiment. Rien qui mérite un prix Pulitzer.

— C'est à propos de quoi ?

Eh bien, elle ne pouvait pas se défiler maintenant. C'était elle qui avait lancé le sujet.

— Le premier baiser d'une fille.

Le sourire nonchalant s'élargit pleinement et l'estomac de Catherine fit un bond.

— Raconte-moi.

Bien fait pour elle.

— Je ne pense même pas que c'était si bien.

— L'histoire ou le baiser ?

Ses yeux brillaient d'amusement.

— C'est de la fiction.

— Hum.

— C'est vrai.

Elle résista à l'envie de croiser les bras et de taper du pied.

— Crois-moi. La plupart des histoires de premier baiser sont un détail insignifiant. À moins qu'un auteur n'écrive une scène humoristique sur des appareils dentaires coincés, elles valent rarement la peine d'être racontées.

— Je ne sais pas.

— Tu te souviens de ton premier baiser ?

Connor hocha la tête.

— Et toi ?

— À toi d'abord.

— Donc tu t'en souviens ?

Elle ne tapa pas du pied, mais elle croisa les bras.

— Patty Cantrel, dit-il.

— C'était derrière la grange après le Ranchathon annuel.

Connor marqua une pause, regarda ailleurs en souriant, puis revint vers elle.

— J'avais été finaliste dans toutes les épreuves ce jour-là. J'étais ravi. Patty m'a félicité, et, en plissant les lèvres, je lui ai donné un bon gros bisou.

Son sourire s'élargit.

— J'avais huit ans.

Catherine éclata de rire. Ce n'était pas du tout ce à quoi elle s'attendait.

— Tu as commencé à courir les jupons jeune.

Haussant une épaule, Connor secoua la tête.

— Pas vraiment. On est tous un peu sortis avec des filles au lycée, mais je crois que Brooks a été le premier à instaurer la règle de ne pas sortir avec une fille du coin. Du moins après le lycée. Il était sorti avec une fille qui travaillait au café à l'époque. Après leur rupture, on a tous eu droit au pire service. Je me suis souvent demandé si elle ne crachait pas aussi dans notre nourriture. Cette règle avait du sens.

— Et ça fonctionne toujours ?

— Jusqu'ici, oui.

Connor pencha la tête pour mieux la regarder dans les yeux.

— Et toi ? Premier baiser.

Catherine leva les yeux au ciel.

— J'espérais que tu aurais oublié.

— Si mauvais que ça ?

— Si peu mémorable. Johnny Tallon. En quatrième. Je m'étais développée assez tôt et quelqu'un l'a mis au défi de m'embrasser. Il n'avait aucune idée de ce qu'il faisait.

Un petit rire lui échappa.

— Heureusement pour lui, moi non plus.

— C'est dommage.

— Tu veux dire que Patty Cantrel t'a bouleversé à huit ans ?

Connor secoua la tête en riant.

— Honnêtement, aucun de nous ne comprenait pourquoi tous ces gens à la télé voulaient tant s'embrasser.

— Je dirais que tu as compris depuis.

Ouvre la bouche, insère le pied. Pourquoi était-elle si franchement honnête avec lui ?

— Tu crois, hein ?

Un sourcil se leva haut sur son front et l'étincelle dans ses yeux réapparut.

Oh, tant pis. Elle hocha la tête.

L'attention de Connor se porta un instant au loin, puis revint vers elle. Sa main se posa sur la sienne et ces fichues étincelles d'anticipation remontèrent le long de son dos avant de redescendre, se logeant dans le bas de son ventre déjà agité. Fermant les yeux, il inspira profondément, puis son regard plongea dans le sien.

— Moi aussi.

Une main resta à son côté. L'autre tenait la sienne. Seule sa bouche toucha la sienne. Un baiser doux et tendre qui lui coupa le souffle et fit fondre son intérieur en une flaque de désir. Seules ses lèvres faisaient battre son cœur et vidaient son esprit. Seules ses lèvres déclenchaient les prémices d'un incendie. Rien que son baiser. Et bien trop tôt, ces lèvres délicieuses s'éloignèrent. Sa poitrine se soulevait en grandes gorgées d'air, montant et descendant au rythme de ses respirations profondes.

Son front s'appuya contre le sien et il serra sa main.

— Si tante Eileen accepte de garder Stacey, me ferais-tu l'honneur de dîner avec moi ce soir ?

Catherine hocha la tête, leurs fronts toujours en contact.

— Et peut-être danser un peu ?

Elle hocha de nouveau la tête. Elle ne pensait pas qu'il parlait du même genre de danse qu'elle.

Mais peut-être que si.

CHAPITRE DIX-SEPT

Un rendez-vous. Un vrai rendez-vous. Pas une rencontre improvisée dans un bar local. Pas l'une de ces nombreuses groupies qui traînaient dans l'espoir de passer un peu — ou beaucoup — de temps avec l'un des hommes qui avait travaillé dur pendant des semaines et était prêt à s'amuser. Il allait dîner et danser, version Texas de l'Ouest, avec Catherine Hammond.

Il fallut un moment à Connor pour se ressaisir. Il n'était pas un foutu adolescent. Elle non plus. Contrairement à une grande ville où il aurait pu s'arrêter au supermarché et acheter un petit bouquet de roses, son seul choix était de couper quelques fleurs du jardin de sa tante. Rien de grave. Même s'il essayait d'impressionner une citadine. Et qu'il le veuille ou non, il voulait faire bonne impression. Une très bonne impression.

Inspirant profondément, il frappa à la porte et attendit ce qui lui sembla bien trop longtemps que Catherine vienne ouvrir. Le profond pli entre ses sourcils et la façon dont elle le pressa d'entrer n'auguraient rien de bon.

— Stacey ne se sent pas bien.

Elle se retourna et se précipita dans le couloir vers la chambre qu'elles occupaient.

— Qu'est-ce qui ne va pas ? demanda Connor en raccourcissant le pas pour ne pas la devancer.

— Je ne sais pas. Quelque chose qu'elle a mangé. Peut-être un virus. Je sortais de la douche…

L'esprit de Connor faillit s'égarer vers une image de Catherine nue, couverte de gouttelettes d'eau, mais il repoussa aussitôt ces pensées déplacées lorsque son regard se posa sur la petite fille recroquevillée dans le lit, une poubelle à ses côtés.

— Elle a vomi à mes pieds. J'aurais dû comprendre qu'elle ne se sentait pas bien. Elle était si pâle. Mais… soupira Catherine, je suppose que je pensais que si elle ne se sentait pas bien, elle le dirait, alors je… je n'ai pas fait assez attention.

— Je peux appeler Brooks. Il viendra la voir, dit Connor en s'approchant du lit et en passant la main dans ses boucles duveteuses. Stacey ne bougea pas, les yeux fermés. Elle dort.

— Je crois, oui. Elle est calme depuis presque vingt minutes. Je suppose que l'épuisement l'a finalement emporté.

— C'est bon signe.

Il sortit son téléphone pour appeler son frère, mais le bras de Catherine jaillit. Ses doigts brûlèrent sa peau à travers sa manche comme un fer à marquer.

— Non. Si elle a arrêté, c'est qu'elle va mieux.

— Tu es sûre ? demanda-t-il en tendant son téléphone avec un sourire. Brooks adore sauver la situation.

Il fut récompensé par l'ombre d'un sourire.

— J'en suis sûre.

— Il faudra quand même s'assurer qu'elle ne se déshydrate pas.

Les yeux de Catherine s'écarquillèrent.

— Tu t'y connais en enfants malades ?

— Pas exactement.

S'il n'avait pas été si inquiet pour Stacey, il aurait peut-être ri.

— Mon frère est médecin, ma tante est une vraie mère poule, j'ai quatre frères et sœurs plus jeunes, et l'élevage, c'est une excellente façon d'apprendre les réalités de la vie.

— Je vois, dit Catherine en hochant la tête et en regardant sa fille. Je ne pense pas—

— Bien sûr que non, l'interrompit Connor. Pour l'instant, on devrait la laisser dormir.

Catherine hocha la tête.

— Il doit y avoir un bon film à la télé.

Il se dirigea vers le garde-manger pour voir ce que le

vieux Ralph avait en stock pour une enfant avec l'estomac fragile.

— Voilà. Des crackers et… dit-il en regardant autour de lui, du ginger ale. L'élixir magique.

Il prit les deux et ressortit du placard.

— Et j'appellerai ma tante. Quand l'estomac de Stacey se sera calmé, je parie que tante Eileen a du bouillon de poulet au congélateur pour ce genre d'occasion.

— Ma fille qui tombe malade ?

— N'importe qui qui tombe malade. Le bouillon de poulet guérit tout.

Le regard de Catherine se tourna vers la porte de la chambre d'amis.

— Ça me semble un bon plan. Désolée d'avoir gâché le tien.

Connor secoua la tête avec un sourire rassurant.

— Je suis juste désolé qu'elle ne se sente pas bien. Ce n'est jamais agréable.

— Bon. Plan B. J'ai plein de restes frais dans le frigo. Tu as une préférence ? Casserole King Ranch.

Elle plongea la tête dans le réfrigérateur.

— Casserole chicken cordon bleu.

Son postérieur arrondi ondulait devant lui comme un drapeau rouge devant un taureau.

— Je n'arrive pas à lire celui-ci. Quelque chose avec des macaronis au fromage.

— King Ranch, ça ira très bien.

Tout irait très bien si elle sortait la tête du frigo.

— Je vais mettre la table.

— Je vais juste mettre ça au micro-ondes.

Elle resta plantée devant le micro-ondes pendant que le minuteur défilait.

— Tante Eileen et les autres dames disent que tu as travaillé sur des plates-formes pétrolières pendant des années pour économiser de l'argent.

Il hocha la tête. Rien de nouveau.

Le minuteur sonna et elle sortit le plat pour le poser sur le comptoir.

— Elles disent que c'était très dangereux.

Connor prit des couverts dans les tiroirs. Il envisagea d'édulcorer la vérité, mais il ne voulait pas mentir.

— Ça l'est.

En découvrant la casserole, elle mordilla sa lèvre inférieure.

— Si c'était si dangereux, pourquoi l'as-tu fait ?

Il aurait aimé dire pour l'argent — et c'était en partie vrai — mais il y avait autre chose.

— J'adorais ça. L'excitation, les défis, l'adrénaline.

— Et tu ne ressens pas ça avec l'élevage ?

Elle posa le plat sur un dessous-de-plat.

— Parfois. C'est différent. Ce n'est pas pour tout le monde.

Il posa deux assiettes à côté des couverts.

— Et tu abandonnes tout ça pour les chevaux ?

Il lui sourit.

— Les chevaux ont toujours été mon objectif.

— Oui, dit-elle en hochant la tête. Tu ne penses pas t'ennuyer en comparaison ?

— Pas une seconde.

Il posa le plat sur la table et se demanda d'où venaient toutes ces questions. Travailler avec les chevaux était un autre genre de frisson. Comme embrasser Catherine.

Catherine sortit des verres et une bouteille de vin du frigo.

— Ça te va ?

Sans vraiment regarder, il hocha la tête. N'importe quoi pour la garder hors de ce frigo. Assis face à Catherine, Connor se mit à manger et tenta d'effacer de son esprit toutes les images qui n'avaient rien à voir avec une casserole de poulet.

— Alors je n'ai pas à m'inquiéter que tu tombes, que tu te brises le cou et que je ne te revoie jamais.

Catherine tenait une fourchette de pâtes en suspension.

— Je veux dire…

Connor posa sa main sur la sienne.

— Je ne vais pas me briser le cou.

— Mais ces chevaux sont si… grands.

— On t'a déjà dit que tu t'inquiètes trop ?

Catherine laissa échapper un rire.

— Dans mon métier, s'inquiéter, c'est s'occuper des choses.

— Eh bien, tu n'as pas à t'inquiéter pour moi. Plus de travail dangereux. Ton seul rôle, c'est de t'assurer que ta fille aille mieux, et si j'étais joueur, je dirais que c'est juste quelque chose qu'elle a mangé.

— Ce serait le scénario idéal.

— Il y avait beaucoup de sucreries cet après-midi.

— Oui, dit-elle en souriant. C'est vrai.

Ses joues prirent une teinte rose délicieuse. Connor posa sa fourchette, sortit son téléphone, lança une chanson et posa l'appareil tandis que « You're Still the One » de Shania Twain emplissait la pièce. Il se leva, contourna la table et, s'inclinant légèrement, lui tendit la main.

Un rose plus intense colora ses joues lorsqu'elle se leva et prit sa main. D'un mouvement fluide, elle se retrouva dans ses bras pour un two-step tranquille dans la cuisine. Vers le deuxième ou troisième couplet, il se laissait porter par la douceur de sa présence lorsqu'elle se rapprocha encore. Au refrain suivant, sa tête se posa contre son épaule. Il aurait pu rester ainsi toute la nuit.

Le rythme plus rapide de « Feels Like Love » de Vince Gill démarra et, desserrant son étreinte, Connor l'entraîna dans un véritable two-step, tournoyant dans la grande cuisine. Il la fit tourner puis la ramena contre lui, savourant son léger rire.

— Je te préviens, j'ai toujours eu deux pieds gauches. Peut-être même trois.

Elle leva les yeux vers lui avec un sourire.

— On ne dirait pas.

Il la fit tourner encore une fois et ne se plaignit pas lorsque la chanson suivante de sa playlist s'avéra être encore un morceau entraînant. Cela lui laissait le temps de réfléchir. De réaliser qu'il ne connaissait toujours pas ses projets pour le ranch, et qu'elle ne connaissait pas non plus les siens. S'il ne parlait pas bientôt, cela risquait de devenir compliqué entre eux. Mais pour l'instant, ce soir, rien ne lui semblait plus important que de faire sourire Catherine Hammond.

— Je suis assez égoïste pour admettre que j'adore avoir à nouveau une enfant à la maison.

Tante Eileen sourit à Catherine de l'autre côté de la table de la cuisine des Farraday.

— Et je suis ravie de la voir aller tellement mieux. Pauvre petite, elle avait l'air si mal en point hier soir quand j'ai apporté la soupe.

— Merci. J'apprécie vraiment que vous soyez venue. Je dois dire que c'était très rassurant de vous avoir pour confirmer mon diagnostic.

— C'est à ça que servent les amis, ma chère. Une fois son estomac vidé, elle avait juste besoin de se réhydrater et de manger un peu. Aujourd'hui, elle est déjà comme un charme.

Catherine se demanda quelle aide ses voisins de Chicago lui auraient apportée. Elle et David avaient rarement eu le temps de leur offrir plus qu'un signe de tête et un sourire. Après l'accident, elle avait reçu de la nourriture et quelques paroles de réconfort, mais elle doutait qu'un simple mal de ventre aurait suscité la même attention.

— Et, poursuivit Eileen, elle semble sortir de sa coquille. Tu ne trouves pas ?

— Je ne sais pas si c'est grâce au temps que vous avez passé avec elle à faire toutes les choses que ma grand-mère aurait faites avec moi, ou à l'air paisible du Texas de l'Ouest, ou aux deux. Mais quoi qu'il en soit, je sais que j'ai besoin de rester ici un peu plus longtemps pour voir. Laisser les choses suivre leur cours. Voir si Stacey continue de s'améliorer.

Et si sa fille redevenait l'enfant pétillante qu'elle avait été, Catherine devrait se demander ce que le retour à Chicago changerait. Tous ces progrès resteraient-ils ici, au Texas, comme l'ancienne Stacey semblait encore prisonnière de l'accident sur une route sombre de la banlieue de Chicago ?

— Elle a l'air d'aimer être ici.

Tante Eileen jeta un coup d'œil à la petite fille qui dessinait joyeusement sur la grande table carrée du salon.

— Alors tu envisages de rester définitivement au ranch ?

— Je ne sais pas. Ma vie est à Chicago.

À supposer qu'elle n'ait pas saboté sa carrière, peu importe qui était son père.

— Mais nous avons tout l'été pour y réfléchir.

Tante Eileen s'illumina.

— Donc le plan, c'est de rester l'été. Et ensuite… vendre ?

Elle l'observa attentivement par-dessus sa tasse de thé.

— Peut-être.

Mais plus Catherine restait, plus elle découvrait son histoire familiale, et moins elle avait envie de se séparer de ce dernier lien tangible avec ses racines.

— Je pensais voir ce qu'il faudrait pour garder le ranch comme résidence d'été. Continuer à louer les terres à votre famille, si vous le souhaitez, mais venir ici pour les vacances.

Eileen hocha lentement la tête, pensive. Catherine n'arrivait pas à dire si c'étaient de bonnes ou de mauvaises pensées, mais elle avait l'impression que la femme savait quelque chose qu'elle ignorait.

— Parfait !

Une lueur dans les yeux, Eileen frappa dans ses mains.

— Tu seras donc là pour le Ranchathon ?

— C'est quand déjà ?

— Dans deux semaines, le samedi. Des familles viennent de tout le comté. C'est comme un mini rodéo. Tous les éleveurs du coin viennent montrer leur savoir-faire et se battre pour le droit de se vanter d'être les meilleurs jusqu'à l'année suivante.

— Vraiment ? Je pensais que c'était juste pour les enfants.

Eileen secoua la tête.

— Ma chère, personne ne t'a jamais appris que la seule chose qui distingue les hommes des garçons, c'est le prix de leurs jouets ?

Un petit rire monta du ventre de Catherine avant qu'elle puisse le retenir.

— Non.

Elle porta la main à sa bouche dans une tentative vaine de se contenir.

— C'est vraiment drôle.

— Qu'est-ce qui est drôle ?

Connor entra par la porte arrière et accrocha son chapeau.

Les yeux de tante Eileen s'arrondirent, ses sourcils se haussèrent et elle haussa les épaules avec désinvolture.

— Rien, des conversations entre filles.

Le regard de Connor passa de sa tante à Catherine, puis revint. Il secoua la tête, visiblement décidé à ne pas creuser davantage.

— On parlait du Ranchathon. C'est dans quelques semaines, ajouta tante Eileen. Et Catherine me disait qu'elle envisage de garder le ranch comme résidence d'été.

En se lavant les mains à l'évier, Connor se figea un instant, ferma les yeux, puis reprit sans un mot. L'esprit de Catherine s'emballa dans mille directions. La première, et la plus troublante, était que Connor semblait la trouver parfaite pour l'embrasser dans le jardin ou danser dans la cuisine, mais pas pour l'avoir dans sa vie à long terme. Et cela la piqua un peu, car l'une des raisons qui rendaient l'idée de rester si séduisante était la perspective de soirées d'été — et peut-être de nuits — avec le cowboy qui la faisait fondre comme une adolescente.

Qu'elle veuille l'admettre ou non, la veille au soir, lorsqu'ils avaient dansé dans la cuisine puis s'étaient blottis sur le canapé devant un vieux film qu'ils avaient à peine regardé entre deux baisers et les soins apportés à Stacey, elle avait ressenti un manque douloureux en le regardant traverser la cour pour rejoindre son vieux pick-up.

Le seul sentiment plus fort encore était l'anticipation qui la traversait ce matin à l'idée d'apercevoir Connor dans la maison. Et peut-être de voler un baiser. Ou une étreinte. Ou simplement de se perdre dans son sourire. Bon sang, elle était vraiment atteinte.

CHAPITRE DIX-HUIT

— Vous deux, vous avez l'air plutôt proches.

Une bière à la main, Finn désigna son frère Brooks avant de prendre une longue gorgée.

Brooks jeta un coup d'œil par-dessus son épaule vers les femmes assises sur le porche, bavardant et riant. La scène était devenue typique lors des soupers du dimanche.

— Toni et moi voulions attendre d'avoir parlé au père Tim, mais…

Un large sourire illumina son visage.

— On va se marier.

Les bottes de D.J. et Connor retombèrent au sol dans un bruit sourd parfaitement synchronisé, Finn s'étouffa avec sa bière, et Connor bondit en avant pour lui taper dans le dos, refermant la bouche juste à temps pour éviter que sa mâchoire ne tombe.

— Bon sang…

Finn reprit son souffle.

— Je voulais juste te taquiner, toi et Connor.

Il se tourna brusquement vers Connor et le fixa.

— Ne me dis pas que toi et la gamine allez vous marier aussi.

— Ce n'est pas une gamine, rétorqua Connor.

— Oh, merde.

Les yeux de Finn s'écarquillèrent.

— Tu y penses.

— Pas du tout.

Du moins, il ne pensait pas y penser. Chaque jour de la semaine, Catherine et lui avaient passé un peu plus de temps ensemble que la veille. Chaque après-midi, quand elle venait chercher sa fille, elles restaient pour le souper. Peu à peu, une routine s'était installée : ils s'asseyaient sur le porche arrière pendant que tante Eileen et Stacey faisaient la vaisselle, puis se tartinaient les mains de lotion, tante Eileen monopolisant bien sûr la conversation. Dehors, Catherine et lui regardaient les étoiles et se racontaient l'essentiel de leurs vies. Elle s'efforçait de ne pas grimacer à certaines histoires de plateformes pétrolières, et lui résistait à l'envie de grogner en entendant parler de ses fiançailles ternes avec son défunt mari. Ils étaient passés d'elle dans un rocking-chair et lui appuyé contre la rambarde, à être assis côte à côte. La veille, ils s'étaient même tenus la main comme deux préadolescents timides. Il avait adoré chaque seconde.

Même dans les moments de silence, tout semblait meilleur simplement parce qu'elle était là. Alors oui, peut-être avait-il envisagé ce que ce serait de rendre tout cela permanent. Peut-être avait-il pensé à quel point la vie au ranch était bonne pour Stacey. Et peut-être s'était-il dit qu'il était un peu fou de penser au long terme avec une femme qu'il connaissait depuis si peu de temps. Mais ses frères aussi. Ce qui le ramena à la conversation.

Se penchant en arrière, il se tourna vers Brooks.

— Un peu rapide, de te marier si vite, tu ne crois pas ?

Toujours souriant, Brooks secoua la tête.

— J'ai su qu'elle était spéciale dès que je l'ai vue penchée sur ce fichu chien.

Avec un sourire entendu, Adam hocha la tête, tout comme leur père. Les deux hommes semblaient être les seuls dans la pièce à ne pas être surpris.

— On sait que pour beaucoup, ça semblera déplacé si peu de temps après la mort de William, mais on sait tous les deux que ce mariage était terminé presque dès le début.

Finn posa sa bouteille de bière sur la table d'appoint et, secouant la tête, fixa son frère d'un regard dur.

— Il va y avoir des ragots. Pourquoi ne pas attendre ? Ce n'est pas comme si tu l'avais mise enceinte.

Avec sa chaise, Connor faillit reculer pour éviter le regard glacial que Brooks lança au plus jeune des Farraday.

— Fais attention.

Le regard de Brooks resta fixé sur Finn une longue

seconde avant qu'il ne se rasseye.

— La famille de William était à peine polie avec Toni. Je sais qu'ils étaient en deuil, mais n'importe qui pouvait voir qu'ils ne l'avaient jamais considérée comme l'une des leurs. Quand la famille s'est alignée pour accueillir les condoléances, c'est le directeur des pompes funèbres qui a demandé la veuve, et il a dû pousser la sœur de William pour que Toni puisse prendre sa place.

— On a compris. La pomme ne tombe pas loin du pommier. Sa famille ne vaut pas mieux que lui. Mais ça n'explique pas pourquoi se presser comme ça.

Finn leva les mains, paumes vers le ciel.

— Si Toni et moi sommes mariés quand le bébé naît—

— Tu seras le père légal, termina Adam.

— Exactement.

— Quand même…

Finn laissa planer ses mots.

— Je sais, dit Brooks en reconnaissant son inquiétude. C'est pour ça qu'on pensait à une petite cérémonie dans le jardin de l'église, juste la famille. Rien de compliqué. Elle a déjà eu le grand mariage, et tout ce qui compte pour moi, c'est qu'elle soit là… et Dieu aussi. Le padre, c'est juste pour la forme.

— Pour la forme, marmonna Finn.

— Si le père Tim est d'accord, on pensait au dimanche après le Ranchathon.

— Dans une semaine ?

Connor savait que son frère était réfléchi, mais là, il doutait.

Brooks acquiesça.

— Et tu es sûr ?

— Absolument.

Connor observa son frère longuement. Il vit la détermination… et cette douceur qui apparaissait chaque fois que Brooks regardait Toni sur le porche.

Connor hocha la tête.

— Je vois.

Et il voyait vraiment.

— C'est comme ça. Pas de raison d'attendre.

Brooks se leva.

— J'espérais que mes frères comprendraient. Qu'ils seraient avec moi.

Adam se leva à son tour.

— Pas besoin de me convaincre. J'y suis passé. L'amour n'a pas besoin de calendrier. Quand c'est la bonne personne, c'est juste évident.

Les épaules de Brooks se détendirent.

— Merci.

Finn se leva à son tour. Le plus jeune, qui avait toujours agi comme l'aîné, hocha la tête.

— Le premier qui dira quoi que ce soit de déplacé sur ma belle-sœur, je m'en occupe.

Un léger sourire passa sur les lèvres de Brooks.

— Merci. Je doute que ça arrive, mais merci.

Restait Connor.

Il s'approcha de ses frères, tapa Brooks dans le dos et hocha la tête.

— Je suis avec toi. Si tu veux épouser Toni la semaine prochaine, je serai là, et je me tiendrai à côté de Finn pour veiller sur ma nouvelle belle-sœur.

D'abord Adam, puis Brooks. Tous les deux étaient tombés amoureux en un rien de temps. Quand c'est la bonne personne, c'est la bonne. Peut-être que penser à long terme avec Catherine n'était pas si fou.

Depuis sa place sur le porche, Catherine avait une vue dégagée sur les hommes dans le salon. À la façon dont la chaise de D.J. basculait, dont Connor bondissait sur ses pieds et dont Finn manquait s'étouffer, elle aurait parié que Brooks venait d'annoncer la même nouvelle que Toni avait lâchée à Meg et à tante Eileen.

Pour une femme de son âge, tante Eileen s'était levée d'un bond et avait entouré Toni de ses bras bien avant que Meg n'ait le temps de réagir.

Un léger pincement serra le cœur de Catherine. Sa

décision d'épouser David avait été si évidente, si attendue, qu'elle n'avait suscité que peu d'enthousiasme. Il y avait eu les fêtes de fiançailles et les cadeaux, bien sûr, mais pas cette joie débordante ni ces étreintes étouffantes accompagnées de cris de bonheur. Son père s'était contenté d'approuver la date pour maximiser la présence de ses contacts. Catherine ne connaissait qu'une poignée des cinq cents invités. Et encore, uniquement parce qu'elle travaillait avec David.

— Une semaine !

La voix de tante Eileen la ramena au présent.

— Seigneur, ma chérie, je suis peut-être douée, mais pas à ce point. Peut-être si ce n'était pas le lendemain du Ranchathon—

— On ne veut pas faire de chichis, l'interrompit Toni.

— Des chichis ?

Tante Eileen recula d'un pas, toujours souriante.

— Ma chérie, un mariage, ça se célèbre. Dieu sait que mes garçons ont eu du mal à trouver une femme prête à les supporter.

Meg fronça les sourcils.

— Et les mauvaises, alors ?

Tante Eileen leva les yeux au ciel et Meg échoua à retenir un rire.

— Vu les circonstances— commença Toni.

— Les circonstances, mon œil. Aucun Farraday ne va se marier en douce parce que ton défunt mari — que Dieu ait son âme — était un salaud qui a eu ce qu'il méritait.

Le rire disparut. Meg lança à son amie un regard ferme et acquiesça.

Catherine n'osait pas imaginer ce qui se serait passé à Chicago si elle avait décidé d'épouser Connor un mois après David…

Épouser Connor ? D'où sortait cette idée…

Relevant les yeux vers les hommes qui riaient et se tapaient dans le dos, elle croisa le regard de Connor.

Son cœur s'emballa, galopant comme Pharaoh ce premier jour dans le champ entre les deux propriétés. Immobilisée, elle ne pouvait détacher son regard du sien.

L'intensité était presque insoutenable. L'envie de se lever, de courir jusqu'à lui et de se jeter dans ses bras était si forte qu'elle en avait mal.

Mon Dieu… elle était tombée amoureuse d'un homme de chevaux.

CHAPITRE DIX-NEUF

— Tout est prêt ? demanda tante Eileen en sortant un autre plat surgelé du congélateur supplémentaire.

Encore à la porte arrière, Connor donna un coup de pied pour enlever la poussière de ses bottes avant d'entrer dans la cuisine.

— Oui. Finn mène tout le monde à la baguette. Les tentes sont montées. Les tables et les chaises sont sorties. Les tables pour la nourriture ont des nappes. Les gradins sont en place. Les Kennedy déchargent les chèvres. Les Ramsey ont amené les moutons tôt ce matin. Les veaux ont des rubans à la queue. Les taureaux—

Tante Eileen posa le plat sur le comptoir à côté d'elle et leva la main, paume vers lui.

— Un simple oui aurait suffi.

Connor s'arrêta net et fixa sa tante. Depuis quand un simple oui suffisait-il ? Toute sa vie, une liste de vérification détaillée avait été la norme quand il rendait compte des tâches terminées. Certes, le Ranchathon annuel n'était pas exactement une corvée, mais quand même.

Tenant à nouveau le plat, elle passa devant lui.

— Et Catherine est en route avec Stacey. Je me suis dit que ce serait le bon moment pour lui expliquer ce qui se passe ici.

Avant qu'il ne puisse répondre, la porte moustiquaire claqua derrière elle. Les habitants du coin n'allaient pas tarder à arriver, et sa tante finissait presque de charger la dernière tournée de nourriture dans la benne du camion.

Pendant une bonne partie de la semaine, il avait répété dans sa tête comment expliquer à Catherine que sa fille participerait à certaines épreuves pour enfants. Il ne pensait pas qu'elle serait trop contrariée par les courses en sac, mais il avait fait un ou deux cauchemars en imaginant sa réaction face à tout ce qui impliquait du bétail et des chevaux. Il n'avait aucune idée de ce que Catherine pensait des moutons et, franchement, à ce stade, il était ravi d'avoir au moins une épreuve pour laquelle il pouvait prétendre n'y être pour rien.

— Pourquoi tu as l'air de quelqu'un à qui on a retiré le sucre de son gâteau ? demanda tante Eileen en revenant par la porte arrière.

— Je réfléchis.

— À Catherine.

Ce n'était pas vraiment une question.

Connor hocha la tête.

Elle s'arrêta pour examiner son visage. La plupart du temps, ça ne le dérangeait pas, mais chaque fois que l'un des enfants avait quelque chose à cacher, cette femme semblait toujours capable de le lire sur leur visage.

— Je ne sais pas si tu hésites sur la façon de lui dire que tu as encouragé Stacey avec les animaux dont sa mère a peur, ou si tu te demandes s'il est trop tôt pour lui demander de t'épouser.

Connor sentit ses yeux s'écarquiller.

— Range-moi ça. Tu ne caches pas tes sentiments mieux qu'Adam ou Brooks. Je te jure que cette semaine, chaque fois que vous entriez tous les deux dans une pièce, ton père et moi nous attendions à vous voir prendre feu.

Les mots restèrent coincés dans sa gorge. Plus d'une fois cette semaine, il avait souhaité avoir sa propre maison sur le ranch ou que Stacey ait une petite amie chez qui passer la nuit. Travailler dans un ranch du lever au coucher du soleil et être entouré de sa famille vingt-quatre heures sur vingt-quatre ne laissait pas beaucoup de temps pour voler des baisers. Du moins, pas ceux qu'il aurait voulu partager.

Il avait déjà pris sa décision. Après ce soir, si Catherine ne le tuait pas d'abord, il allait mettre cartes sur table. Découvrir si ce qu'il y avait entre eux était destiné à s'éteindre avant qu'elle ne prenne la fuite pour rentrer chez elle, ou si elle serait prête à tenter sa chance avec un ancien ouvrier de plateforme pétrolière et une écurie en pleine création.

— Comment tu fais ça ?

Tante Eileen afficha un large sourire.

— C'est un don. Alors, c'est lequel ?

— Il n'y a aucune demande en mariage dans mon esprit ni ailleurs.

L'air déçu sur le visage de sa tante manqua de le faire rire. Après un moment de silence, elle hocha la tête et, se tournant vers le congélateur, marmonna assez fort pour qu'il entende :

— Je pensais avoir élevé des garçons plus malins que ça.

— Personne ne croit aux rendez-vous dans cette maison ? À la cour ?

— Je ne sais pas. Et toi ? demanda Meg en entrant par la porte d'entrée avec une pile de plateaux que Connor reconnut comme les célèbres cake balls de Toni.

— Je marmonnais.

— Continue à marmonner si tu veux, mais en tant que quelqu'un qui t'aime, j'ai un conseil à te donner.

Connor leva un sourcil.

— Tout le temps et tous les rendez-vous du monde ne transformeront jamais la mauvaise personne en la bonne. Quand c'est la bonne, c'est la bonne.

Elle s'approcha, posa les plateaux sur le comptoir, lui déposa un baiser sur la joue, puis recula avec un sourire.

— Et quand tu la trouves, tu le sais.

Tante Eileen revint avec un autre plat couvert, et Meg reprit les plateaux qu'elle venait de poser.

— Toni en apporte d'autres quand elle et Brooks arrivent. Adam est dans la grange avec papa, et moi je suis là pour voir ce dont tu as besoin.

— Tu es une bénédiction, Margaret Colleen Farraday.

Meg sourit à sa tante. Elle s'était parfaitement intégrée. Elle appelait même son père papa. Et elle n'avait aucun problème à donner des conseils fraternels. Elle lui plaisait de plus en plus, surtout quand il voyait combien elle rendait Adam heureux.

En suivant sa tante dehors, Meg se retourna vers lui.

— N'oublie pas ce que j'ai dit.

Connor laissa échapper un petit rire. Qu'avait-il commencé ? Le problème immédiat n'était pas sa vie amoureuse, mais comment annoncer à Catherine que, dans quelques heures, Stacey participerait aux épreuves.

— Toc toc.

La voix de Catherine résonna depuis la porte d'entrée, juste avant que Stacey ne se jette sur lui. Instinctivement, il la souleva dans ses bras et rit quand elle l'embrassa sur la joue. C'était nouveau, et à en juger par l'expression surprise de Catherine, quelque chose qu'il aurait probablement dû mentionner la veille au lieu de voler des moments de baisers sur le porche arrière.

— Elle m'embrasse pour me dire bonne nuit depuis presque une semaine. Je ne savais pas qu'elle partageait ça.

S'il n'y avait pas eu le sourire sur son visage et dans sa voix, Connor aurait pu s'inquiéter de cette remarque.

— Ça a commencé hier. Je pensais que c'était un hasard.

Au cours des deux semaines depuis les funérailles, Stacey était devenue de plus en plus réceptive et interactive. Et maintenant, elle montrait encore plus d'affection. La seule chose qui la distinguait encore des autres enfants restait son silence constant. Même si Connor l'avait surprise à fredonner avec les chevaux, toujours pas de mots.

Catherine sourit à Stacey.

— On a failli ne pas venir.

— Pourquoi ?

Il reposa Stacey au sol.

Catherine haussa les épaules.

— Je sais que c'est parfaitement sûr de regarder tout ça de loin. Je me répète que ce n'est qu'un pique-nique texan amélioré avec des épreuves inoffensives comme les courses à trois jambes, mais ça me donne quand même des frissons.

Connor tapota l'épaule de Stacey.

— Tante Eileen est près du camion avec Meg.

Sans hésiter, Stacey se retourna et partit en courant.

La porte moustiquaire claqua et Connor se tourna de

nouveau vers Catherine.

— Mais vous êtes venues quand même.

Catherine hocha la tête en soupirant.

— Si tu avais vu la détresse sur le visage de Stacey quand j'ai proposé qu'on reste à la maison pour faire des biscuits pour tante Eileen à la place…

L'estomac de Connor se noua. Il savait à quel point la petite fille attendait cette journée — et depuis combien de temps. L'idée qu'elle ait pu être déçue, ne serait-ce qu'un instant, lui faisait mal.

— Je suis content que vous soyez venues.

Elle hocha de nouveau la tête.

— Moi aussi.

Et, malgré tous les conseils, Connor n'avait d'autre choix que d'espérer que demander pardon fonctionnerait encore une fois.

— Est-ce que je peux regarder maintenant ?

Catherine avait enfoui son visage dans ses mains. Elle savait qu'elle était ridicule. Elle avait réussi à regarder les hommes pendant quelques secondes lorsque les taureaux sortaient des enclos, mais son cœur ne supportait pas de voir l'un d'eux tomber, puis ce taureau qui piétinait s'approcher si près d'écraser le pauvre homme. Alors, pendant la majeure partie de l'épreuve de monte de taureaux, elle avait gardé les yeux fermés.

— C'est parfaitement sans danger, dit Meg à sa gauche.

Quand Catherine lui lança un regard incrédule, Meg haussa les épaules.

— C'est ce qu'ils n'arrêtent pas de me dire.

— Évidemment…

Après le roping, la course de barils et maintenant la monte de taureaux, les nerfs de Catherine avaient été mis à rude épreuve.

— Quand commencent les courses en sac ?

— Les gens sont déjà alignés, dit Toni de l'autre côté de

Meg. Dès qu'ils auront dégagé l'arène, les courses commenceront.

— Je vois des femmes là-bas.

Le nombre de personnes venues pour la journée avait complètement stupéfié Catherine. Les camions semblaient serpenter sur la propriété et sortir par les portails comme dans Field of Dreams. L'un des pâturages avait été transformé en parking, et finalement, le flot d'arrivées s'était calmé et les épreuves avaient commencé.

— Oh oui. Adam dit qu'il n'y a pas de sexisme dans un ranch. Les filles grandissent en travaillant au ranch comme les garçons.

— Ce qui veut dire que les femmes suivent le rythme de leurs maris ? demanda Toni.

— Je suppose. Mais je pense qu'il y a une exception pour les citadines. J'ai entendu les gars dire que tante Eileen est très douée pour ouvrir et fermer les barrières, mais qu'elle s'arrête là dès qu'il s'agit du bétail.

— Je ne peux pas dire que je la blâme, ajouta Catherine.

— Oh, regarde, dit Toni en pointant le côté gauche de l'arène. Voilà D.J. et Abby.

— Et Adam avec la petite-fille de Dorothy ?

— Oui. Becky, confirma Meg.

Catherine désigna le couple à côté.

— Et avec Finn ?

Meg plissa les yeux avant de répondre.

— Kelly. La réceptionniste d'Adam.

— Oh…

Catherine se leva légèrement.

— C'est tante Eileen avec M. Farraday ?

Meg hocha la tête.

— Je pense que c'est une tradition pour les chefs de famille de participer.

— On dirait bien, dit Toni en désignant un couple âgé qui devait approcher les soixante-dix ans.

Catherine fronça les sourcils.

— J'espère vraiment qu'ils ne vont pas tomber et se casser un os.

Toni haussa les épaules.

— Je connais un bon médecin. Et puis, c'est pour s'amuser. On ne peut pas vivre si on a toujours peur de se blesser.

— C'est bien vrai, ajouta Meg.

— Hmm…

Catherine hocha la tête, plus par camaraderie que par conviction. Il y avait la peur et le bon sens. Et rien dans le fait de participer à une course en sac à cet âge n'avait de sens.

Puis son regard se fixa ailleurs.

— Qui est avec Connor ?

Le regard de Meg se durcit légèrement.

— Molly Carson. Elle est plutôt populaire auprès des hommes du ranch.

— Vraiment ?

Même de là où elle était assise, Catherine voyait très bien ce que la blonde faisait. Battements de cils, sourire aguicheur, décolleté bien trop plongeant à son goût.

L'envie de descendre des gradins, traverser l'arène et pousser cette fille hors du chemin devenait dangereusement tentante.

Plus Catherine regardait, plus son sang bouillonnait.

Si elle restait à Tuckers Bluff — même seulement pour l'été — il faudrait qu'ils clarifient les choses.

Mais dans un mois ou deux, quand elle devrait retourner à Chicago ?

Qu'est-ce qu'elle ferait alors ?

Et surtout… qu'allait-elle faire à propos de Connor Farraday ?

Comment il s'était retrouvé à partager une jambe et un sac de jute avec Molly Carson dépassait Connor. Une minute, elle était avec Sam, leur contremaître, et la suivante, elle était collée à lui pendant que Sam marmonnait quelque chose à propos d'un service rendu.

Si elle lui avait encore une fois mis ce fichu décolleté

sous le nez, meilleur contremaître du Texas ou pas, Connor aurait abandonné la course.

Ils avaient à peine franchi la ligne d'arrivée qu'elle avait perdu l'équilibre, était tombée à côté de lui et, bien sûr, avait atterri sur lui.

Ses seins pratiquement dans sa bouche.

Il n'osa pas lever les yeux vers les gradins. Il était déjà en assez mauvaise posture pour ce qui allait suivre avec les enfants.

Et il ne voulait absolument rien de ce que Molly offrait.

Même si ses courbes auraient pu tenter un saint, il n'était pas intéressé.

Une seule femme comptait.

Quand cette journée serait terminée, il allait devoir arrêter de tourner autour du pot et trouver un moyen d'amener Catherine Hammond à voir les choses comme lui. Définitivement.

— On n'a peut-être pas gagné, roucoula Molly, mais je pense que ça mérite une récompense.

Connor ne répondit pas.

Il se dirigea vers les gradins.

— Mesdames.

Il sourit aux trois femmes, mais fixa Catherine.

— Alors, qu'en pensez-vous ?

— De ce qu'elle a pu voir, tu veux dire ? répondit Meg. Désolée.

Catherine rit.

— Ce n'est pas un secret que ces gros animaux me mettent mal à l'aise. Et franchement, je ne veux pas voir un gentil cowboy se faire piétiner.

— Les accidents arrivent, dit Connor, mais pas si souvent. Personne ne prend de risques inutiles.

— D'accord, dit Catherine en pointant un doigt vers lui, toi et moi avons des définitions très différentes de ce qui est inutile. Je ne vois absolument rien de nécessaire à monter sur une… bête.

— C'est amusant, répondit Connor.

— Je ne suis pas d'accord, intervint Meg. On a clairement des définitions différentes de l'amusement. Tu serais capable de sauter d'un avion aussi.

Connor se contenta de sourire.

— Oh mon Dieu. Tu l'as fait, dit Catherine, sur un ton qui ressemblait davantage à une accusation.

Connor se tourna légèrement pour avoir une meilleure vue de l'arène.

— Disons qu'un peu d'aventure ne fait pas de mal à l'âme.

Adam monta dans les gradins, suivi de Brooks.

— Où sont tante Eileen et Stacey ? demanda Catherine.

Les deux hommes regardèrent Connor.

Il secoua la tête.

Adam soupira.

— Elles sont avec les autres enfants.

— Oh…

Catherine scruta l'autre côté de l'arène.

— Je ne veux pas m'imposer.

— Pas du tout, dit Connor. Tante Eileen adore avoir un enfant à s'occuper.

Brooks passa un bras autour de Toni.

— Et elle adorera encore plus quand il y aura un bébé.

— Aucun doute là-dessus, ajouta Adam en riant.

— Et c'est parti ! Regardez ces veaux ! lança l'annonceur.

Connor inspira profondément, cherchant à détourner l'attention.

— Les points sont attribués par couleur ! Bleu cinq points, vert quatre, jaune trois, rose deux, blanc un !

— Alors, vous avez aimé ? demanda Adam.

— Disons que nous, les citadines, avons encore des choses à apprendre, répondit Meg.

— Petits diables glissants ! Plus le veau est gros, plus les points sont élevés ! Oh ! Et nous avons un premier point !

Tout le monde se tourna.

Connor chercha Stacey.

Avec sa chemise à carreaux rouges, elle était facile à repérer parmi les enfants qui couraient, trébuchaient et riaient.

— Oh là là, murmura Catherine. Ça ne peut pas être sûr...

À peine avait-elle parlé qu'un enfant tomba, et Stacey trébucha sur lui.

Connor retint son souffle.

Relève-toi...

Relève-toi...

Stacey se releva.

Courut.

Attrapa un ruban jaune.

Le brandit.

Chercha les gradins.

Leurs regards se croisèrent.

— Oh mon Dieu !

Catherine se tourna vers Connor.

— Tu le savais ! Comment as-tu pu!

CHAPITRE VINGT

Bondissant par-dessus les gradins comme une athlète dans une publicité, Catherine ne pouvait pas rejoindre son bébé assez vite. Derrière elle, Connor cria son nom. Il était sur ses talons, mais malgré ses plus grandes enjambées, elle avait l'adrénaline de la panique et de l'horreur de son côté. Elle voyait déjà tante Eileen taper dans la main de Stacey tandis que Sean Farraday la soulevait dans les airs, puis la posait sur son épaule avant de la faire tournoyer comme si elle était le trophée de la Coupe Stanley. Mais à quoi pensaient ces gens ?

Pour notre prochaine épreuve, nous avons les courses de drapeaux pour les tout-petits, en commençant par nos jeunes cowboys.

— Tu peux ralentir, s'il te plaît ?

Les doigts de Connor se refermèrent autour de son avant-bras.

— Elle va bien. Elle s'est amusée.

— La vie ne se résume pas à s'amuser !

Catherine s'arrêta, mais arracha son bras.

— Comment oses-tu la mettre en danger comme ça ?

— Elle n'était pas en danger. Elle s'entraîne depuis des semaines.

Il lui tendit la main et Catherine recula d'un pas.

— Des semaines ?

— Elle aimait tellement les chevaux. Tu l'as vu. Ils la faisaient sourire.

— Ce chien sauvage aussi. J'aurais pu lui acheter un fichu chiot !

— Calme-toi.

Il tendit encore la main vers elle.

Elle savait mieux que de le laisser la toucher. Ses neurones fondaient dès qu'il la touchait. Bon sang, ils se mettaient déjà en vrac dès qu'il était près d'elle.

— Reste loin de moi.

Connor se redressa brusquement, un geste qui rappela à Catherine son passé militaire. Mais dans ses yeux, il y avait plus de douleur que de retenue. Elle l'avait blessé. Elle mordit sa lèvre inférieure. Son esprit et son cœur tiraient dans des directions opposées. Il ne s'agissait pas de lui. Ni d'elle.

— Je croyais qu'elle faisait des biscuits avec tante Eileen.

— C'était le cas. Une partie du temps.

Ses épaules se détendirent.

— Elles ont aussi colorié et fait des puzzles ensemble.

Catherine avait les dessins pour le prouver. Malgré tout…

— Comment as-tu pu ? C'est ma fille. Son bien-être est ma responsabilité. Tu n'avais aucun droit.

Pour sa toute première course des tout-petits, notre prochaine participante, Stacey Hammond, cinq ans, représente aujourd'hui les Farraday.

Il fallut un instant pour que les paroles de l'annonceur traversent la colère qui grondait en Catherine. Stacey. Farraday. Les mots résonnaient dans sa tête.

Elle tourna brusquement la tête vers la cavalière solitaire à l'extrémité de l'arène, et son cœur remonta dans sa gorge.

Vichy rouge penché en avant, bottes roses pressées contre les flancs d'un cheval couleur fauve à la crinière ivoire ondulante — et une terreur pure jaillit de sa poitrine.

— Stacey !

S'arrachant à Connor, Catherine se remit à courir à travers le terrain vers le fond de l'arène. Son corps avançait porté par la seule volonté maternelle. Ses yeux ne quittaient pas sa fille.

Le petit corps sur cet immense cheval avançait plus vite qu'elle ne pouvait courir. Elle atteignit le virage au moment où Stacey se penchait à gauche pour attraper un drapeau.

Catherine faillit trébucher en inspirant brusquement, des images de Stacey tombant et se retrouvant sous les sabots envahissant son esprit.

— Catherine !

Connor arriva à sa hauteur.

— Ralentis. Si tu tombes et te casses le cou, à quoi ça l'aidera ?

Catherine ne s'arrêta pas. Elle n'osait pas gaspiller son souffle en paroles. Elle devait arrêter ça. Maintenant.

— Catherine, répéta-t-il.

Stacey ralentit, planta le drapeau dans un baril, puis repartit.

Mon Dieu… ne la laisse pas tomber.

Encore une fois. Puis encore.

Quand Catherine atteignit l'endroit où Eileen et Sean se tenaient près de la sortie, elle ne savait plus si elle devait crier ou pleurer.

— Bravo ma belle ! cria Eileen.

Sean siffla bruyamment.

Ils étaient tous fous.

Comment avait-elle pu penser qu'ils représentaient la famille parfaite dont elle avait rêvé enfant ?

Stacey attrapa le dernier drapeau et le cheval sembla voler vers la sortie.

Au même moment, Eileen se tourna vers Catherine. Son immense sourire se transforma aussitôt en surprise.

— Tu ne lui avais pas dit ?

Connor secoua la tête.

— C'était l'idée de qui ?

Catherine leva les yeux vers sa fille qui approchait, le cheval ralentissant. La bête qui la portait semblait déjà moins énorme alors que l'image de Stacey saine et sauve dans ses bras remplaçait peu à peu l'horreur.

Mais la colère restait.

— Bon sang !

Les poings serrés, elle lutta contre les larmes.

— Elle aurait pu être tuée. C'est tout ce qu'il me reste ! Vous ne vous approcherez plus jamais de ma fille.

Elle pivota de nouveau.

— Aucun de vous.

— Maman, maman, regarde !

Le cheval s'arrêta à côté d'elle. Stacey agitait le drapeau.

— J'ai réussi !

Sean attrapa les rênes et guida l'animal quelques pas plus loin. Un marchepied apparut. Avec une aisance surprenante, Stacey passa la jambe et descendit avant de se jeter dans les bras de sa mère.

Les larmes coulèrent.

Son bébé parlait. L'appelait. Était heureuse.

Puis elle se détacha et courut vers Connor.

— Est-ce que j'ai gagné ?

— Pour moi, oui, championne.

— Viens, Stacey, dit Sean. On doit emmener Princess se reposer.

— D'accord.

Stacey prit sa main et partit avec lui.

Eileen ouvrit la bouche, puis regarda Connor et se tut avant de suivre.

La main de Connor se posa sur l'épaule de Catherine.

— J'espérais… mais pas si vite.

La voix de sa fille. Sa beauté. Son excitation. Rien de tout ça n'effaçait les risques.

— Tu n'avais aucun droit.

— Je suis désolé.

— Ça ne change rien. Elle est si petite. Ce cheval est si grand.

— Il fait à peine quatorze mains. Petit pour un quarter horse. Très doux avec les enfants.

— C'est quand même une bête.

Connor ne répondit pas.

— Et si elle était tombée ?

— Mais elle n'est pas tombée.

— Elle aurait pu !

— Catherine.

Il posa ses mains sur ses épaules.

— Elle était presque au trot. Et elle est douée. Très douée. Beaucoup d'enfants de son âge ont encore besoin d'être guidés. Je pensais que ce serait le cas, mais… elle est naturelle. Ta mère aurait été fière.

— Ne parle pas de ma mère.

Quelque chose en elle savait qu'il avait raison. Mais ce n'était pas le sujet.

— Tu n'avais aucun droit.

Connor recula, passa la main dans sa nuque et soupira.

— Tout a commencé quand elle a souri en voyant les chevaux. Comme quand elle a pris la brosse. Elle venait avec moi… puis elle a commencé à fredonner.

Catherine l'avait remarqué aussi.

— Puis elle a voulu monter.

— Comment pouvais-tu le savoir ?

— Un jour, elle tirait sur ma jambe. Je l'ai mise en selle avec moi. Elle a bougé. Le cheval aussi. Et son sourire…

Les larmes revinrent.

Les chevaux étaient dangereux.

Mais grâce à eux…

— Catherine…

Il effleura son bras.

— J'ai voulu l'aider. Il n'y a pas de thérapeutes ici, mais j'ai fait des recherches. Les chevaux aident les traumatismes. Les vétérans aussi. Je savais que c'était bon pour elle. Je ne savais pas comment te le faire accepter.

— Tu es désolé… mais pas assez pour ne pas agir dans mon dos.

Elle secoua la tête.

— Désolé ne suffit pas.

Elle recula. Elle devait partir.

Le haut-parleur grésilla.

Elle n'écoutait pas… jusqu'à ce que Stacey revienne en courant.

— C'est encore mon tour !

Connor se plaça devant Catherine.

— Oh non.

— Plus de chevaux. Plus rien. On rentre. Maintenant.

Ensuite, notre nouvelle amie Stacey Hammond !

— Non !

Catherine tira son bras… juste à temps pour voir un

petit garçon courir.

— Attends ! cria un homme derrière lui.

— Excusez-nous.

Un homme fit passer deux petites masses laineuses à travers la porte.

Qu'est-ce que… ?

CHAPITRE VINGT-ET-UN

Si Connor avait déjà su réfléchir vite, il allait devoir faire encore mieux maintenant. Aussi sûrement qu'il savait être né et avoir grandi dans l'ouest du Texas, il sentait Catherine lui échapper.

— Qu'est-ce que c'est ? demanda-t-elle en suivant du regard les animaux qui se dandinaient vers l'enclos.

— C'est la prochaine manche de mutton busting, et si on ne se dépêche pas, tu vas rater Stacey.

— Stacey ?

Toute couleur quitta son visage.

— Détends-toi. S'il te plaît.

Il lui attrapa le coude et l'entraîna de l'autre côté, où elle pouvait voir par-dessus la barrière, puis il désigna les deux petits enfants qui se tenaient près de quelques moutons.

— Écoute-moi.

Il releva son menton du doigt pour qu'elle se tourne vers lui.

— Elle est très excitée par ça. C'est la plus âgée des enfants qui y participent. Peu importe ce que tu penses au début, souviens-toi qu'elle t'a appelée maman. S'il te plaît.

Lentement, il laissa retomber sa main le long de son corps et adressa une courte prière à tous les saints susceptibles de l'entendre, espérant que Catherine ne bondirait pas par-dessus la barrière pour arracher sa fille de la piste lorsqu'elle verrait ce qui allait suivre.

Il n'avait pas besoin de voir pour savoir à quel moment elle avait compris.

L'inspiration brusque qu'elle prit disait tout.

— Oh mon Dieu. Tu essaies de la tuer.

À peine ces mots avaient-ils quitté la bouche de Catherine que Stacey perdit sa prise sur la laine du mouton et glissa.

Et voilà.

Catherine se précipita autour de la barrière et faillit entrer en collision avec une Stacey bondissante.

— Est-ce que je peux recommencer, Maman ? Je peux ?

À genoux, Catherine secoua la tête, passant ses mains le long des bras et des jambes de sa fille comme si elle ne pouvait pas croire qu'elle n'était pas réellement blessée.

— Je pense que ça suffit pour ce soir.

— J'ai bien peur que tu n'aies droit qu'à un seul tour, partenaire.

Connor lui ébouriffa les cheveux.

La tête de Catherine se tourna brusquement et elle leva les yeux vers lui comme s'il venait soudain de se retrouver avec une deuxième tête.

Adam et Brooks s'approchèrent d'eux, Meg et Toni à leurs côtés.

— Tu as été formidable !

Meg s'accroupit à côté de Stacey.

— Je pense qu'une double boule de glace s'impose.

— Au chocolat ? demanda la petite fille.

Les yeux de Meg s'écarquillèrent un instant de surprise avant qu'elle ne bafouille :

— Absolument.

— Maintenant ?

L'excitation brillait dans les yeux de Stacey.

Meg rit.

— Ça me va si ta maman est d'accord.

Catherine fixait toujours Connor d'un regard vide, puis, se détachant enfin, elle hocha la tête vers Meg.

— Oui, bien sûr.

Connor resta sur place tandis que ses frères et leurs femmes escortaient Stacey vers le stand de glaces improvisé.

— Je… je crois que j'en ai assez pour aujourd'hui.

Catherine recula presque en trébuchant.

— Je vais récupérer Stacey, sa glace, et rentrer à la maison.

Au moins, elle n'avait pas insisté pour rentrer jusqu'à Chicago. Du moins, pas encore.

— Elle a une jolie voix.

Ces mots firent apparaître un bref sourire sur le visage de Catherine, et la tension qui s'était enroulée profondément en lui se relâcha légèrement.

— Cette journée a été complètement surréaliste.

Son regard dériva vers l'endroit où Stacey et sa famille avaient disparu dans la foule.

— Je ne suis pas sûre de croire que je l'ai vraiment entendue.

— Tu l'as entendue. Nous l'avons tous entendue.

Connor ne chercha pas à cacher son sourire.

— Oui.

Catherine s'entoura les bras. Une partie d'elle voulait assommer cet homme et toute sa famille pour avoir mis Stacey en danger pendant des semaines dans son dos. L'autre partie voulait l'enlacer et trouver un million de façons de le remercier encore et encore de lui avoir rendu la voix de sa fille.

Elle avait besoin de partir.

De réfléchir.

De donner un sens aux émotions qui tourbillonnaient en elle.

— Je dois y aller.

— Il reste encore beaucoup de choses aujourd'hui. Il y aura encore de la nourriture et ensuite des jeux pour les enfants—

— Des jeux…

— Des jeux. Du lasso, des fers à cheval et… enfin, je suppose que la traite des chèvres n'est pas vraiment un jeu.

Catherine leva les yeux au ciel, puis lui lança un regard noir.

— Tu ne plaisantes pas, n'est-ce pas ?

Il secoua la tête.

— Elle s'est entraînée à ça aussi ?

De nouveau, il secoua la tête.

— Non, et elle ne s'attend pas à y participer, mais nous avons pensé qu'elle s'amuserait à apprendre. Tous les enfants le font.

— J'en suis sûre.

Catherine prit un moment pour observer les environs, les enfants qui couraient, les moutons qui bêlaient, les vaches qui meuglaient, les gens qui guidaient leurs chevaux vers les remorques, son regard s'arrêtant sur le stand de glaces.

Sans lui dire un mot, elle s'éloigna.

Ayant grandi avec un père à la volonté forte et sans mère, Catherine avait développé une carapace très tôt, puis une volonté de fer peu après. Toute sa vie avait été tracée. Et elle avait suivi ce plan religieusement. Jusqu'au choix de son mari et de sa carrière. Maintenant, le monde tel qu'elle le connaissait était complètement bouleversé.

À quelques pas devant elle, sa fille était assise avec la plupart des membres de la famille Farraday, léchant son cornet à double boule de chocolat. La scène était si normale, si typique d'une journée à la fête, et si différente de ce qu'avait été sa vie ces deux dernières années. Son cœur dansait de pure joie.

— Ça a l'air bon.

Stacey hocha la tête, la bouche et les mains couvertes de glace qui fondait et coulait.

— Dès que tu auras fini, on rentre à la maison. On te nettoiera.

La petite fille s'arrêta et leva la tête.

— Et après, on revient ?

Une pointe de culpabilité à l'idée d'arracher sa fille à tout ce plaisir perça le plan de Catherine.

— J'en ai bien peur que non, ma chérie.

— Mais, Maman. Je ne veux pas partir.

Elle avait abandonné toute tentative d'attraper les gouttes qui coulaient.

— Ça a été une longue journée.

— Personne d'autre ne part.

Deux ans sans parler, et soudain sa fille était devenue une négociatrice accomplie.

Meg fit un geste entre elle et son mari.

— On peut s'assurer qu'elle rentre plus tard.

— Oui, ajouta Toni.

L'air abattu de Stacey disparut, remplacé par un sourire, avant qu'elle ne reprenne son attaque contre le cornet.

Fixant Meg, Catherine repensa à ce que les deux femmes avaient dit plus tôt. Après tout, elles étaient des citadines comme elle.

— Vous me promettez qu'il n'y aura plus de monte d'animaux ?

Meg sourit.

— Aucun problème.

— Absolument, confirma Toni.

— Promis ?

— Promis.

— Je promets aussi.

Connor s'était approché d'elle. Sans se retourner, elle sentait son regard posé sur elle.

— Maman dit que je peux rester.

Stacey tira sur la manche de Connor.

Sans hésiter, il la souleva, ignorant le chocolat qui coulait, et embrassa sa joue.

— Alors, je peux goûter ?

Stacey hocha vigoureusement la tête et lui tendit la glace.

Au lieu de mordre dedans, il passa la langue sur les bords pour récupérer les coulures.

— Merci, partenaire.

Encore ce mot.

Catherine ferma les yeux et fit un pas de côté pour embrasser la joue collante de sa fille.

— À tout à l'heure, mon bébé. Je t'aime.

— Je t'aime aussi.

Se détournant rapidement pour cacher les larmes qui lui montaient aux yeux, Catherine savoura le son de ces trois petits mots. Ayant désespérément besoin de réfléchir, elle emprunta le raccourci par l'ancien sentier menant à la maison de son grand-père. Ce trajet de vingt minutes était le même chemin que les premières épouses Farraday et Brennan avaient emprunté pour se rendre visite lorsque la vie aride de l'ouest du Texas devenait trop difficile à supporter seules pour ces femmes venues de la ville. Bien qu'elle ne soit pas aussi isolée qu'elles l'avaient été, Catherine comprenait ce que cela signifiait d'être complètement hors de son élément.

Les bruits du Ranchathon la suivirent longtemps avant de s'effacer dans le silence de la terre et du ciel. Air pur. Brises légères. Elle pouvait réellement s'entendre respirer. Si différent du monde bruyant et frénétique qui l'attendait à Chicago, et pourtant si normal pour Connor Farraday et sa famille.

Pas un seul jour de sa vie elle ne se souvenait avoir été aussi incertaine de ce qu'elle devait faire. Aussi tiraillée quant à la direction à prendre. À ce qu'elle devait penser. À qui elle devait faire confiance. Ses instincts ne l'avaient jamais trahie auparavant. Mais l'avaient-ils fait maintenant ?

Arrivée presque à la maison, apaisée par l'air frais et l'effort de la marche, elle put examiner les faits de manière plus impartiale, sans préjugés. Oui, Connor était passé derrière son dos pour apprendre à Stacey à monter à cheval, et oui, cela semblait être exactement ce dont elle avait besoin pour sortir de sa coquille, mais est-ce que la fin justifiait les moyens ? Oui, elle avait peur des chevaux, du bétail et des autres animaux du ranch depuis son enfance, et oui, ces animaux massifs pouvaient être dangereux — mais avait-elle le droit d'imposer ses peurs à sa fille ? Était-ce vraiment la protéger ? Ce n'était pas comme si des familles perdaient des enfants à tout bout de champ à cause d'accidents de ranch. Bon sang, il y avait probablement plus d'enfants qui mouraient en ingérant des produits chimiques à la maison qu'en tombant d'un cheval.

Ouvrant brusquement la porte arrière, Catherine entra et se dirigea droit vers le bureau de son grand-père. Assise à sa place, elle pouvait voir tous les objets anciens et souvenirs dispersés dans la pièce. Les photos du ranch à travers les générations. Les rubans bleus des foires. Même quelques trophées de rodéo de sa mère.

« Ta mère serait fière d'elle. »

C'est ce que Connor avait dit.

Si elle était honnête avec elle-même, elle devait reconnaître qu'il avait raison.

En regardant les visages souriants sur une photo de sa mère à cheval, avec ses grands-parents à ses côtés, Catherine dut admettre qu'ils auraient probablement tous été fiers de Stacey aujourd'hui.

« Attends, partenaire, attends-moi. »

Ce père n'avait vu aucun problème à ce que son petit garçon de trois ans monte un mouton laineux. Le père comme le fils avaient eu l'air incroyablement fiers.

Et Connor aussi.

Même maintenant, son cœur se gonflait, lui coupant presque le souffle. Il l'avait dit si simplement, si naturellement que personne d'autre n'y avait prêté attention.

« Tu n'as droit qu'à une seule chance, partenaire. »

C'était à cet instant qu'elle avait su, sans pouvoir se l'avouer.

Aucun de ces gens n'était fou.

Et sa fille n'avait probablement jamais été en danger.

Maintenant qu'elle y repensait, le cheval n'était pas aussi grand que les autres animaux du ranch, et Stacey ne galopait pas vraiment à toute vitesse d'un baril à l'autre.

Connor avait fait ce qu'il avait fait parce qu'il tenait à sa fille.

À vrai dire, n'importe quel étranger l'ayant vu encourager Stacey ou lécher les coulures de glace sur son cornet aurait pensé qu'il était son père.

Peut-être que Catherine était simplement en colère parce qu'il avait raison.

Elle n'aurait pas écouté.

Elle aurait laissé ses peurs brouiller son jugement.

Et elle aurait empêché la seule chose qui pouvait ramener la vie de Stacey à la normale.

— Bon sang, Grand-père…

Les larmes coulèrent sur ses joues.

— Pourquoi n'es-tu pas resté un peu plus longtemps ? Je ne sais pas quoi faire. Je n'appartiens pas à cet endroit. Ce n'est pas mon monde. Mais on dirait que c'est celui de Stacey. Comment puis-je l'en arracher ? Que se passera-t-il si nous retournons dans un monde qui n'était devenu que ténèbres pour mon bébé ? Et pour moi ?

Catherine essuya ses larmes.

Pourquoi fallait-il que ce soit si difficile ?

— Bon sang !

Balayant le bureau du bras, une vieille photo de famille s'envola au sol avec plusieurs dossiers encore à trier.

— Désolée, Grand-père… Je ne sais vraiment pas quoi faire. Je n'appartiens pas ici.

Se penchant pour ramasser le désordre, elle aperçut le coin d'une page jaunie dépassant sous le sous-main. Elle tira dessus et découvrit une vieille photo brillante de ses grands-parents et de sa mère à cheval.

Cette fois, sa mère était beaucoup plus jeune. Encore plus jeune que Stacey.

Intriguée, Catherine la sortit complètement, une autre feuille glissant avec elle.

En observant la photo de plus près, ses grands-parents semblaient plus âgés que sur les autres photos où sa mère avait cet âge.

Mon Dieu.

Ce n'était pas sa mère.

C'était elle.

À trois ans, elle n'avait pas peur des chevaux. Elle souriait. Et ses grands-parents souriaient. Sa mère avait dû prendre la photo.

— Eh bien…

Tenant toujours la photo dans une main, elle attrapa la feuille avec l'autre.

Lettre d'intention.

Parcourant rapidement le document, son regard s'arrêta sur les signatures en bas.

Ralph Brennan.

Connor Farraday.

Ses yeux passèrent du papier à la photo au moment

même où son esprit rejouait les visages souriants de Connor et de Stacey.

— Fils de pute… il ne m'a rien dit.

CHAPITRE VINGT-DEUX

— Nous avions promis. Meg posa les mains sur ses hanches, les coudes écartés comme des ailes de poulet.

— Vous aviez promis de la tenir éloignée des animaux. Pas un mot n'a été dit sur qui ramènerait Stacey à la maison. Connor savait que c'était peut-être sa dernière chance de parler à Catherine, et il comptait bien la saisir.

— En fait, dit Toni en levant les mains, paumes vers le haut, elle a proposé de la ramener plus tard.

Adam sourit.

— Mais elle ne l'a pas promis.

— Exactement, approuva Brooks d'un signe de tête.

Meg et Toni se tournèrent vers les frères de Connor.

Haussant les épaules comme deux serre-livres assortis, Brooks sourit et Adam déclara :

— Nous autres, les hommes, devons nous serrer les coudes.

Connor se pencha et embrassa sa belle-sœur sur la joue.

— Je promets de préciser que j'ai dû te ligoter pour enlever Stacey.

Meg leva les yeux au ciel.

— File. Et tu ferais mieux d'arranger ça. J'aime bien Catherine.

Il hocha la tête, en espérant de tout son cœur qu'il y parviendrait. Tout ce qu'elle avait fait, c'était le laisser pour rentrer à pied jusqu'au ranch voisin, et pourtant le sentiment de perte pesait lourdement sur lui. La seule possibilité qu'elle fasse ensuite ses bagages pour rentrer à Chicago suffisait à le vider de l'intérieur, ne laissant dans son sillage qu'une coquille vide et sans valeur. S'il lui était resté le moindre doute que Catherine était la femme qu'il lui fallait, il s'était complètement dissipé.

— Prête, princesse ? appela Connor à Stacey, qui jouait dans la poussière avec quelques autres enfants.

— D'accord. Elle se leva et épousseta la poussière sur son jean, puis fit signe aux garçons absorbés par leur jeu. Arrivée à son côté, elle lui tendit la main. — Est-ce que je peux avoir un chapeau comme le tien ?

— Eh bien, il serait peut-être un peu grand, tu ne crois pas ?

Elle y réfléchit une seconde, puis secoua la tête.

— Mais non, bêta. À ma taille.

— Bien sûr. En marchant vers la voiture, il raccourcit le pas pour s'accorder au sien et espéra de tout cœur qu'elles resteraient assez longtemps pour qu'il puisse lui offrir un chapeau.

Le trajet jusqu'au ranch Brennan ne prenait normalement que quelques minutes, mais slalomer entre les voitures encore garées sur la propriété et les gens qui reculaient pour repartir ajouta quelques minutes de plus. Jamais du genre à se dérober devant un défi, il se força à rester calme et patient puis, lorsqu'il s'arrêta devant la porte de Catherine, il se demanda si un peu plus de préparation n'aurait pas été de mise. Non pas que des fleurs ou du vin auraient plaidé davantage sa cause, mais ça n'aurait peut-être pas fait de mal.

— Maman. Dès qu'il ouvrit la portière arrière pour Stacey, elle se précipita vers Catherine, déjà debout à la porte d'entrée. — On s'est tellement amusés. J'ai rencontré Betty et Mike et Tommy et Sissy. On a joué avec les lapins et les chevaux-bâtons et on a attaché des veaux—

Les yeux de Catherine se levèrent brusquement vers lui.

— Des faux, dit-il rapidement. Pour les concours de lasso. Pour les plus grands.

— Ça a l'air amusant, ma chérie.

— C'était super !

— Va te laver.

Bouillonnante d'excitation, Stacey fila dans la maison.

— Et change de vêtements aussi, lança Catherine à sa fille, puis elle planta son regard dans le sien. — Je croyais que Meg devait la ramener ?

— J'ai dû la ligoter pour récupérer Stacey.

— Vraiment.

Il hocha la tête.

— On peut parler une minute ?

— En fait, j'ai aussi quelque chose à te dire. Catherine recula et ouvrit la porte plus grand. — Entre.

Prenant une profonde inspiration, Connor ôta son chapeau, essuya ses chaussures et entra.

Elle le guida, mais au lieu de se diriger vers le salon ou la cuisine comme il s'y attendait, Catherine alla tout droit au bureau de son grand-père.

— Assieds-toi. Elle désigna une chaise à proximité puis, contournant le vieux bureau en chêne, s'installa dans le fauteuil de son grand-père. — J'ai continué à travailler ici depuis que je suis rentrée.

Connor hocha la tête.

— Le ranch n'est plus l'exploitation qu'il était autrefois. Elle releva les yeux et attendit qu'il confirme. — Je suis une fille de la ville. Je ne connais rien à la gestion d'un ranch, et ça ne m'intéresse pas.

Connor inclina le menton, mais aucun de ses instincts n'aimait la tournure que prenait cette conversation.

— On dirait qu'il y a beaucoup de gens qui veulent acheter ce ranch. Elle lui tendit une pile de papiers. — De très belles offres, même. Elle posa la pile de côté et garda une feuille dans la main. — J'ai pensé négocier celle-ci.

Ce serait le bon moment pour parler de son accord avec son grand-père, mais d'un autre côté, il ne voulait laisser place à aucun malentendu sur ses intentions. Il voulait que Catherine et Stacey fassent partie de sa vie, avec ou sans le ranch. C'était peut-être une erreur, mais il garda le silence.

Catherine l'observa attentivement, se leva, puis, contournant le bureau, vint s'appuyer d'une hanche contre l'angle devant lui.

— Ton frère loue ces terres depuis un moment.

Connor hocha la tête. Les mots n'étaient pas ses amis pour l'instant.

— Tu crois qu'il serait intéressé à acheter les terres si

elles ne comprennent pas la maison ?

— Pourquoi pas la maison ? Bon. Peut-être quelques mots.

— Je pensais que ce serait bien de garder la maison. Le ranch familial et tout ça. Peut-être comme résidence d'été.

Connor ne savait pas si c'était une bonne ou une mauvaise chose. Son esprit ne traitait pas les affaires, à cet instant ; son cœur était trop occupé à s'en mêler.

— Tu pourrais en faire une résidence à l'année.

— Ah oui ?

Pour la première fois depuis qu'elle s'était assise, il remarqua une lueur dans ses yeux. Ce n'étaient pas les yeux d'une femme en colère sur le point de tout remballer pour rentrer chez elle. Prenant un risque énorme, il se leva, la dominant de toute sa taille.

— Oui.

— Pourquoi je ferais ça ? Cette fois, l'esquisse d'un sourire joua au coin de sa bouche.

— Parce que ta fille adore être ici.

— C'est vrai. Catherine hocha la tête. — Mais je suis une fille de la ville.

— Beaucoup de filles de la ville apprennent à aimer ce coin du pays. Il posa les mains sur ses épaules et aspira une bouffée d'air soulagée lorsqu'elle ne se déroba pas.

— Tu veux dire Meg et Toni ?

— Elles aussi. Il fit un pas de plus vers elle. — Je croyais que toi aussi, tu commençais à aimer l'endroit.

Elle hocha la tête. Et son cœur s'emballa.

Il combla la distance entre eux, assez près pour sentir son cœur battre au même rythme que le sien.

— Peut-être qu'avec un peu plus de temps, je pourrais te convaincre de nous donner une autre chance.

— Je n'ai pas besoin de temps.

Son cœur tressaillit, jusqu'à ce que sa main glisse le long de sa chemise.

— Je pensais peut-être accepter cette offre.

Il baissa les yeux vers la feuille qu'elle tenait entre eux. De cet angle, il distinguait à peine les mots, mais il vit l'entête Farraday et sourit.

— Tu te rends compte que si tu acceptes cette offre, je viens avec ?

— Je m'en rends compte.

— J'aime ces mots.

— J'espérais que ce serait le cas.

Sans le moindre espace entre eux, sa bouche descendit sur la sienne. Le reste de sa vie ne serait pas assez long pour avoir cette femme dans ses bras.

— Maman, cria Stacey en entrant en trombe dans la pièce.

Connor se recula, surpris de sentir les mains de Catherine toujours posées autour de son cou.

— Oui, mon bébé ?

— Est-ce que je peux avoir mon propre cheval ?

Catherine leva un sourcil vers lui et, leurs regards verrouillés, Connor attendit une seconde avant de répondre.

— Je crois que c'est précisément ce que je suis en train de négocier, partenaire.

ÉPILOGUE

— On peut parler de la vie qui arrive pendant qu'on est occupés à faire d'autres projets.

— À qui le dis-tu. Connor secoua la tête avec un sourire. Le mariage et le fait de se poser étaient bien la dernière chose à laquelle je pensais quand je suis rentré à la maison.

— Et maintenant, c'est bien plus qu'une simple idée. DJ regarda le visage de son frère s'illuminer tandis qu'il hochait la tête. À la fin de la journée, deux des frères de DJ seraient mariés et heureux, et à en juger par ce qu'il voyait, en un clin d'œil, Connor allait rejoindre leurs rangs, non seulement comme mari, mais aussi, comme Brooks, comme père.

Le petit jardin à l'arrière de la vieille église devait être l'endroit le plus paisible sur terre. Quand ils étaient tous gamins, attraper des grenouilles ou nager dans le ruisseau après la saison des pluies était le seul endroit où les garçons voulaient être. Maintenant qu'ils étaient adultes, parcourir les pâturages éloignés à cheval par une journée printanière balayée par la brise rappelait toujours à DJ ce qui comptait vraiment dans la vie. Ici, le jour du mariage de Brooks, l'herbe verte, les fleurs colorées et le banc de sa mère lui rappelaient qu'il avait sacrément de la chance d'être un Farraday. Son seul regret : que sa mère ne soit pas là pour voir trois de ses fils trouver l'amour de leur vie.

— Je parie que je sais à quoi tu penses, Declan James Farraday. La seule fois où tante Eileen l'appelait par son nom complet, c'était quand il avait des ennuis. De gros ennuis.

— Quoi que ce soit, je ne l'ai pas fait.

— Eh bien… Declan. À côté de lui, Connor gloussa et s'écarta. C'est le moment pour moi d'aller voir ce qui retient notre grand frère.

Levant les yeux au ciel, tante Eileen secoua la tête.

— C'est un joli prénom. Je regrette qu'on ne t'ait pas appelé comme ça plus souvent.

DJ acquiesça. Chez les Marines, la plupart le connaissaient sous le nom de Declan. À Dallas aussi. À la maison, à Tuckers Bluff, il était DJ pour tout le monde.

— Ta mère et ton père n'arrivaient pas à se mettre d'accord sur un prénom de garçon commençant par D, pas même pour tout le thé de Chine. Tante Eileen gardait les yeux fixés sur la tonnelle couverte de vigne dans le coin du jardin. Celle sous laquelle Brooks et Toni se tiendraient bientôt. Comme Daniel était hors de question à cause du film Sept femmes pour sept frères, ça s'est finalement joué entre David et Dillon.

Penchant la tête, DJ jeta un coup d'œil à sa tante. Il ne se souvenait pas qu'on lui ait jamais dit que ses parents avaient envisagé un autre prénom pour lui.

— Ta mère préférait David. Sean aimait Dillon. Helen insistait sur le fait que c'était à cause de Gunsmoke.

DJ ne put s'empêcher de rire. Ça ressemblait bien à son père.

— Le jour de ta naissance, ils ne s'étaient toujours pas mis d'accord sur un prénom. Je m'en souviens très bien. Sean était d'un côté du lit, il tenait la main de ta mère, et j'étais de l'autre. L'infirmière t'a apporté, tout emmitouflé dans une couverture bleue comme un ver à soie dans son cocon. Tante Eileen continua de regarder devant elle et sourit. Helen t'a déballé lentement et, dès qu'un de tes bras a été libre, tu lui as attrapé le doigt. Sean a souri comme si tu venais de monter un taureau primé, ma sœur a hoché la tête, a levé les yeux vers nous et a dit : Declan James. Jusqu'à aujourd'hui, je n'ai aucune idée d'où elle a sorti ce prénom. Tout ce qu'elle disait, c'était qu'il lui avait suffi de te voir pour le savoir.

— De quoi est-ce que vous bavardez, vous deux ? Sean et Adam vinrent se placer de part et d'autre de DJ et de sa tante, son frère Connor revenant avec un Brooks souriant à ses côtés et le père Tim sur leurs talons.

— De prénoms, répondit DJ en voyant la joie rayonner sur le visage de son frère aussi clairement que si le type avait avalé une lampe de poche.

— Tu es prêt ? Tante Eileen se tourna vers le deuxième fils Farraday.

Brooks hocha la tête et redressa les épaules.

— Absolument.

— Bien. Eileen inclina le menton. C'est ce que je voulais entendre. Elle se tourna vers son beau-frère. J'imagine que tu as pris le temps d'avoir cette conversation d'homme à homme ?

Les sourcils du patriarche Farraday se froncèrent un instant sous l'effet de la confusion avant qu'un rire grave ne lui échappe.

— À ce stade, je crois que mes fils pourraient m'apprendre une chose ou deux.

Deux rides profondes se creusèrent à la racine du nez de tante Eileen et, étouffant leurs propres rires, tous les frères reculèrent d'un pas.

— Oui, Eileen, se reprit rapidement leur père d'un ton sévère. Nous avons eu une belle et longue conversation.

Connor se pencha vers DJ et murmura :

— Il y a environ vingt ans.

— Tu crois qu'elle plaisante ? demanda DJ à voix basse.

Tournant la tête pour voir sa tante et son père rire, Connor haussa les épaules.

— Honnêtement, je n'en ai aucune idée.

Brooks contourna son père et rejoignit ses frères au moment même où le plus jeune des Farraday passait les portes de l'église.

— Je ne pensais pas que tu arriverais, petit frère.

— Au moins, je ne suis pas en retard. Finn donna une tape sur l'épaule de Brooks et jeta un coup d'œil autour de lui. C'est toujours bon signe quand j'arrive à l'église avant la mariée. Elles devraient sortir d'une seconde à l'autre.

Le regard de Connor se porta vers les portes puis revint.

DJ ne savait pas quoi penser du fait que ses trois frères aînés soient tombés amoureux à la renverse, l'un après l'autre. La nuit précédente, ils avaient tous plaisanté en disant qu'il devait y avoir quelque chose dans la bière. Adam et Brooks n'avaient pas été un si grand choc ; c'étaient les plus stables du lot. Mais Connor ? Et avec une vraie fille de la ville ? Une qui avait peur des chevaux, en plus.

Brooks baissa les yeux vers sa montre, puis releva la tête vers les portes et vers l'endroit où son père, sa tante, son témoin et le prêtre bavardaient. Brooks avait l'air aussi nerveux qu'un chat à longue queue dans la proverbiale pièce pleine de fauteuils à bascule.

— Sans vouloir être difficile ou quoi que ce soit, osa demander DJ, tu es sûr de vouloir faire ça ?

Fixant son frère avec une intensité suffisante pour faire fondre l'acier, Brooks ne hocha pas la tête et ne bougea pas ; il se contenta de le regarder.

— Je ne vais te le dire qu'une seule fois. Redemande et tu cracheras tes dents.

Ça se tenait. DJ acquiesça.

— Je n'arrive pas à imaginer un seul autre jour de ma vie sans elle. Je ne veux imaginer aucun jour sans Toni.

DJ acquiesça de nouveau et le sourire niais de son frère reparut. DJ n'avait pas besoin de se retourner pour voir ce qui avait fait naître si vite le sourire sur le visage de Brooks. La réponse était évidente, mais il regarda quand même. Toni se tenait près des portes-fenêtres, Meg et Catherine à ses côtés, la petite Stacy devant elles.

Dans une simple robe ivoire sans manches qui lui arrivait juste au-dessous des genoux et un unique rang de perles à hauteur du col assorti aux petites perles de ses boucles d'oreilles, Toni rayonnait. Dans ses mains, elle tenait une seule rose rouge qui répondait au bouton de rose à la boutonnière de Brooks. Ils étaient les deux seuls à porter des fleurs.

La famille prit place. Brooks et Toni se faisaient face devant le prêtre, Adam et Meg se tenaient de chaque côté, témoin et dame d'honneur. Connor et Catherine se tenaient à la gauche de DJ, main dans la main et souriant comme des adolescents transis après leur première séance de baisers fougueux ; sa tante et son père se tenaient à sa droite. Les mots échangés entre la mariée et le marié sortirent lentement, avec soin et à voix basse, comme il convenait à ce lieu empreint de recueillement. Comme si cela avait eu la moindre importance. Tout ce que Brooks et Toni disaient se reflétait déjà dans leurs yeux. Amour, tendresse et dévouement. Les trois ingrédients magiques.

Anneaux et sourires, et bien sûr le baiser attendu, furent échangés. Le mélange de leurs bouches dura plus longtemps que DJ ne le trouvait confortable. Détournant les yeux, il se pencha et murmura à l'oreille de sa tante :

— Tu ne m'as jamais dit ce que tu savais que je pensais.

Elle se frotta contre lui et, sans tourner le visage, murmura :

— C'est ton tour maintenant.

— Peu probable, lâcha-t-il presque en reniflant.

Cette fois, sa tante tourna la tête et l'observa.

— Je n'ai jamais demandé à aucun de vous ce qui s'était passé pendant que vous viviez et travailliez loin de la maison. Je ne crois pas avoir envie de le savoir.

DJ hocha la tête. En partie pour reconnaître le respect qu'elle avait de sa vie privée, mais surtout parce qu'elle avait raison : elle n'avait pas envie de le savoir.

Sa main se leva et elle passa doucement ses jointures le long de sa joue.

— Quelqu'un va arriver, et elle va trouver que Declan est le plus beau des prénoms, et elle va te faire oublier toutes les choses que je n'ai pas envie de savoir.

DJ baissa le menton, non pas tant parce que sa tante avait raison, mais parce que, quelque part enfoui en lui, le jeune homme insouciant qu'il avait autrefois été voulait qu'elle ait raison.

Brooks et Toni se séparèrent et le petit groupe familial éclata en applaudissements. Stacy lança des pétales de rose sur les jeunes mariés.

En attendant son tour pour embrasser la nouvelle Mme Farraday, tante Eileen se pencha de nouveau vers DJ.

— Tu devrais peut-être garder l'esprit ouvert

concernant les filles du coin. Tu sais bien que nous avons de très charmantes jeunes femmes.

— On verra. Non qu'il ait eu l'intention de changer la règle tacite qui existait entre les frères.

Tante Eileen tordit un côté de sa bouche et, reconnaissant sa réponse pour la manœuvre dilatoire qu'elle était, secoua la tête.

— Peut-être que tu n'as qu'à garder un œil sur ce chien. Il, ou elle, semble avoir un meilleur bilan que n'importe lequel d'entre vous pour trouver de bonnes femmes.

— Oh, allez. DJ rit doucement. Tu ne peux quand même pas sérieusement t'attendre à ce qu'un chien me dépose une épouse sur les genoux ? Il l'avait dit un peu plus fort qu'il ne l'avait voulu, mais seule sa tante sembla l'avoir entendu.

— Non. Tante Eileen sourit. Faisant un pas en avant, elle regarda par-dessus son épaule. Je me contenterais du pas de ta porte.

Extrait de
Declan – L'imprévu au ranch

— Le Louisville Slugger a encore frappé. DJ reposa le combiné et repoussa sa chaise de bureau. C'est la cinquième boîte aux lettres cette semaine.

Les frasques d'adolescents, c'était une chose, mais là, ça dépassait complètement les bornes. Et cette fois, ils s'en étaient pris à la vieille Mme Peabody. Depuis la mort de son mari, cette femme avait déjà bien assez de problèmes imaginaires sans avoir besoin de vrais soucis. Qui savait combien de temps lui et son service devraient passer plus régulièrement devant chez elle avant qu'elle ne trouve autre chose pour nourrir ses inquiétudes. Avec seulement quelques agents, en plus de lui-même, pour cette petite ville et la poignée de ranchs situés dans les limites de Tuckers Bluff, patrouiller dans le quartier de Mme Peabody toute la journée — et toute la nuit — n'était pas pratique, mais il le ferait.

Esther, sa standardiste, tendit le bras. Un petit message rose pendait entre ses doigts. — Tu devrais peut-être rappeler ton frère.

— Lequel ?

— Brooks. J'ai pris l'appel pendant que tu calmais Mme Peabody.

DJ regarda le mot. Dit qu'il t'a peut-être sauvé la journée. — Merci. Un bruit de frottement près de la porte d'entrée attira son attention, mais la sonnerie de son portable le ramena à la réalité. — Farraday.

— Si tu viens, tu ferais mieux d'arriver plus tôt que tard, dit rapidement Brooks. J'ai presque fini avec Christopher Brady.

— Christopher ? Un autre mouvement devant le fit traverser le bureau commun vers la fenêtre. Qu'est-ce qu'il a ?

— Maman l'a amené avec un bras cassé.

— Ah oui ? Christopher allait apprendre à ses dépens que le karma était une vraie saleté.

— Ouais. Je parie qu'une autre boîte aux lettres est tombée.

Scrutant la rue, DJ hocha la tête même si son frère ne pouvait pas le voir. — Mme Peabody.

— Si tu veux mon avis professionnel, on dirait bien que ce fils Brady supporte mal l'attention dont les jumeaux font l'objet.

— Ouais, tu as sûrement raison. J'arrive tout de suite. DJ glissa son téléphone dans sa poche et fit un pas vers le bruit de grattement provenant de la porte d'entrée, puis attendit. Rien. Peut-être que sa famille avait raison, il lui fallait un peu de temps libre. Une pause. Tuckers Bluff n'était pas une mecque du crime, mais parfois, n'avoir rien à faire de la journée était aussi épuisant qu'en avoir trop. Pourtant, il choisirait ces longues journées d'hiver sans le moindre signe d'ennuis à l'horizon et les méfaits accrus du printemps plutôt que les conneries des grandes villes n'importe quand. Se tournant vers Esther, la standardiste indispensable qui portait un badge bien avant qu'il ne devienne flic, il attendit qu'elle termine son appel.

— Oui, madame, dit Esther avec un sourire. Je comprends ce que vous ressentez. Elle hocha aussi la tête, même si son interlocutrice ne pouvait pas la voir. — Vous pouvez être sûre que je le lui rappellerai. Cette fois, Esther eut un petit rire. — Je ne sais pas si j'irais jusque-là. Sa tête oscilla encore quelques fois avant que ses yeux ne roulent, puis le sourire revint. — Oui, madame, passez une bonne journée.

— Laisse-moi deviner, dit DJ en changeant son poids d'appui. Mme Peabody.

Esther hocha la tête. — Tu as parlé à ton frère ?

— J'y vais tout de suite. Presque arrivé à la porte, un autre bruit de grattement attira son attention. Faisant un signe à Esther, il allongea le pas et ouvrit brusquement la porte. — Eh bien.

Assis sur son derrière à côté de l'un des vieux bancs en bois qui encadraient les deux côtés du perron, la queue battant l'air et la langue pendante, un chien qui devait être cousin germain avec un loup du voisinage se tenait là, aussi satisfait que n'importe quelle mascotte de famille.

— Salut, toi. DJ avança lentement, sans savoir combien de temps cette queue continuerait à remuer. Il fut récompensé par une patte levée. — Ah, tu donnes la patte ? Tentant sa chance, DJ prit la patte offerte, la serra une fois, puis gratta le cou de l'animal à la recherche d'un collier ou de médailles. — Tu appartiens forcément à quelqu'un. Aucun chien errant n'apprend à donner la patte. Attends une minute. — Je parie que c'est toi le fameux chien qui surgit un peu partout.

DJ aurait juré que le chien hocha la tête.

— Ne bouge pas. Je connais des gens qui vont vouloir t'examiner. Tout en continuant de lui gratter le cou, DJ sortit son portable et appela le cabinet de son autre frère. C'était pratique d'avoir à la fois un médecin pour les humains et un médecin pour les animaux dans la famille.

— Clinique vétérinaire, comment puis-je vous aider ? La voix joyeuse de Becky Wilson résonna dans son téléphone et le fit sourire. La gamine était toujours si enjouée et pétillante que le seul son de sa voix pouvait arracher un sourire au Grinch.

— J'ai quelqu'un ici qu'Adam devrait examiner.

— Eh bien, il n'est pas là. C'était plutôt calme, alors lui et Meg sont partis faire un peu de shopping à Butler Springs.

— Zut. J'ai le chien.

— Le chien ? répéta-t-elle. Oh attends. Tu veux dire ce chien-là ? Sa voix monta d'un octave et, cette fois, il sourit franchement.

— Je crois que oui.

— Génial ! Ne le laisse pas filer. J'arrive.

Avant qu'il ne puisse ajouter un mot, la ligne fut coupée et il décida que le fils Brady pouvait attendre. Ce n'était pas comme s'il ignorait où la famille habitait. Il regrettait simplement que Christopher soit passé des maisons couvertes de papier toilette à la destruction de biens privés. Fermer les yeux n'était pas une option, et ce niveau de vandalisme dépassait largement le simple avertissement sévère.

— Becky est en route, expliqua-t-il au chien. Tu vas l'aimer.

Encore une fois, le chien fit ce petit mouvement de tête qui ressemblait à un hochement. Pivotant sur lui-même, il se dressa sur ses pattes arrière comme s'il invitait à danser puis, en redescendant, il se déplaça de l'autre côté, offrant à DJ une meilleure vue de ce qui était niché sous le vieux banc derrière le chien touffu.

— Ne me dis pas que quelqu'un a abandonné tes chiots ici et que c'est ça qui t'a poussé à sortir de l'ombre. Gardant une main sur le collier du chien, DJ se pencha, attrapa le bord du carton et tira la boîte à découvert. Pendant une fraction de seconde, il crut halluciner. Il cligna des yeux une fois, puis deux, et secoua la tête. Pas d'hallucination. S'accroupissant, il tendit la main. — Nom de…

Bondissant de son siège, Becky se tourna vers son amie et réceptionniste, Kelly. — On dirait que DJ a trouvé ce mystérieux chien. Il l'a au commissariat. J'y vais tout de suite.

— Il est blessé ? Comme tout le monde en ville qui avait entendu parler du chien qui disparaissait, Kelly savait que certains témoignages le disaient boiteux. Personne n'aimait l'idée d'un animal blessé livré à lui-même.

— On verra. Je le ramènerai. Même s'il n'est pas blessé, ce pauvre loulou a besoin d'un bon foyer.

— Vu la façon dont il s'est occupé du mari de Toni et de la petite Stacey, je dirais qu'il a l'instinct protecteur. Peut-être que ta grand-mère aimerait avoir un autre chien maintenant que tu as déménagé.

Becky leva les yeux au ciel et fouilla dans son sac pour en sortir ses clés. — Ne lui donne surtout pas d'idées. Contournant le comptoir, elle fit un signe de la main à Kelly. — Je reviens bientôt.

— Ne te presse pas, lança Kelly.

L'un des aspects les plus agréables du travail de Becky, c'était de travailler avec l'une de ses meilleures amies et le patron le plus cool du monde. Ce n'était pas plus mal non plus qu'en travaillant pour l'aîné des frères Farraday, elle puisse garder un œil sur Ethan sans avoir à poser directement des questions sur lui. Même si elle en voyait beaucoup sur les réseaux sociaux, elle savait qu'il y avait bien plus encore qui n'était pas destiné au grand public. Et puis elle essayait de ne pas penser à tout ce qu'il y avait en plus que même sa famille à lui ignorait.

Le commissariat se trouvait à mi-chemin de Main Street. Pas bien loin, à Tuckers Bluff, mais dans les circonstances, y aller à pied aurait pris trop de temps. Descendant la rue dans son petit pick-up, elle roula aussi vite que possible sans trop attirer l'attention. Bien sûr, elle dut prendre une minute pour saluer Burt Larson qui rentrait des tonneaux de soldes depuis le trottoir devant la quincaillerie. Sans doute que trimballer ces trucs dehors puis dedans toute la journée lui permettait de se tenir au courant de tous les ragots de la ville. Ensuite, le code d'éthique tacite des petites villes l'obligea à baisser sa vitre un instant pour échanger quelques mots avec Polly, qui fermait le Cut and Curl. — Petite journée aujourd'hui ?

— Ouais, Mme Thorton a annulé sa couleur. Je me suis dit qu'il était temps que je m'accorde un après-midi de congé.

Becky hocha la tête et lui fit un signe. — Profites-en.

La plupart des boutiques repliaient leurs stores tôt en semaine, et si elle avait attendu quelques minutes de plus, elle aurait probablement dû s'arrêter pour chaque commerçant sur le chemin du retour.

Pour un endroit destiné à enfermer des hors-la-loi, le commissariat avait un extérieur très accueillant. Becky se gara dans une place libre devant le bâtiment et, se dépêchant de dépasser les bancs et les pots de fleurs pour rejoindre la triple porte vitrée en retrait, elle entra presque en courant, avant de s'arrêter net au milieu du bureau commun.

Comme elle s'y attendait, DJ se tenait là avec un animal gris et poilu, plus que de taille moyenne, à ses pieds, mais au lieu de l'attendre dans son bureau, tous les deux étaient complètement captivés par Esther, qui berçait un bébé tout en le tapotant doucement. — Vous lancez un service de garde maintenant ? demanda Becky.

— Apparemment. Esther fredonnait à l'infant blotti contre son épaule.

Le chien se dégagea de la prise de DJ et trotta en direction de Becky.

— Doucement. DJ se retourna derrière lui.

La queue battant l'air, le chien arriva le premier jusqu'à Becky, s'assit devant elle et tendit une patte.

— Il m'a fait ça aussi. DJ s'arrêta devant elle, son regard assombri repartant vers le bébé.

— Alors comme ça, tu es un gentleman ? Elle s'accroupit et, des deux mains, se mit à gratter le cou du chien avant de relever la tête vers DJ. — À qui est ce bébé ?

— On était justement sur le point de le découvrir.

— Le découvrir ? Elle regarda tour à tour DJ, puis Esther, puis de nouveau DJ.

DJ agita quelques enveloppes devant elle. — Le bébé a été laissé ici, sur le perron, dans une boîte en carton. Ces enveloppes accompagnaient le paquet. Se tournant vers son bureau, les enveloppes dans une main, DJ désigna le chien de l'autre. — Rintintin montait la garde.

— Mais oui, tu es un bon chien. Elle continua de lui gratter l'arrière des oreilles. — Je n'arrive pas à croire que quelqu'un d'ici aurait simplement déposé un bébé sans défense sur le pas d'une porte. Tapotant le sommet de la tête du chien, elle se redressa et s'approcha d'Esther. — Fille ou garçon ?

— On n'a pas vérifié. Quand le chef a soulevé la boîte, le pauvre petit s'est réveillé en sursaut, et M. Papa là-bas me l'a refilé si vite qu'on aurait cru que le bébé était en feu.

En roucoulant, Becky tapota le dos du bébé. — Les

bébés ne sont-ils pas adorables ?

DJ déchira une enveloppe et entra dans son bureau.

Le téléphone sonna. Esther regarda son patron, secoua la tête et tendit le bébé à Becky. — Il faut bien que quelqu'un réponde à ça.

— Oui, il faut bien que quelqu'un le fasse, lança DJ depuis derrière son bureau en dépliant la feuille de papier.

Becky le suivit. Le chien s'affala dans l'encadrement de la porte, le regard fixé sur la porte d'entrée.

En se balançant doucement et en tapotant, elle berça le petit paquet pour le rendormir. Elle adorait les bébés. Tous les enfants, en fait. Depuis qu'elle était toute petite, elle rêvait d'une jolie maison de ranch blanche avec un jardinet latéral entouré d'une clôture blanche et de petits enfants arborant ces traits Farraday forts et ciselés, ces yeux bleu-vert profonds et les cheveux blond sable d'Ethan. Pourtant, année après année, plus Ethan restait marié aux Marines, moins les rêves de Becky d'un bonheur éternel semblaient avoir des chances de se réaliser. Mais elle n'était pas prête à abandonner ce rêve. Pas encore. Un jour, il rentrerait à la maison et la verrait comme la femme adulte qu'elle était devenue, et alors il n'aurait d'autre choix que de tomber éperdument amoureux d'elle, tout comme elle était tombée amoureuse de lui, en première année. — Qui pourrait abandonner quelque chose d'aussi précieux ?

— C'est justement ce que j'essaie de comprendre. DJ continua de parcourir la page devant lui. — Tout ce que ça dit, c'est que les quelques jours qu'elle a passés avec le père étaient fantastiques. Il leva les yeux par-dessus le bord de la page. — Je vais t'épargner les, euh… détails intimes.

Becky baissa les yeux pour cacher le rouge qu'elle savait voir monter à ses joues d'une seconde à l'autre. Elle pouvait plaisanter et rire à propos du sexe avec les filles n'importe quel vendredi soir, sans problème, mais entourée d'hommes forts et séduisants — ou dans ce cas-ci, d'un seul homme — son éducation old school refaisait toujours surface.

— On dirait que la maman était… est… un peu une enfant sauvage, poursuivit DJ en continuant de lire. Elle s'est dit que c'était peut-être le moment de se ranger. Que tomber enceinte, même s'ils avaient pris des précautions, était un signe de Dieu. DJ haussa ses sourcils sombres à cette phrase.

— J'imagine que la nouveauté s'est estompée assez vite.

— Ouais. Il passa à une seconde page. — Elle va simplement conduire et s'arrêter partout où les lumières vives l'appelleront, elle sait que Brittany—

— Donc tu es une petite fille. Becky embrassa le haut du crâne de ce précieux bébé. — J'aurais dû m'en douter. Un visage si doux.

DJ poursuivit : — La mère sait qu'elle sera mieux dans une famille stable. Famille ? Nom d'un… DJ laissa échapper un long soupir et, les yeux fermés, se pinça l'arête du nez. — Si le papa inconscient a déjà une famille, alors Cher Papa est marié. Je me demande comment Mme Cher Papa va réagir à ça.

— Je ne sais pas à quel point cette famille peut être stable si M. Papa trompe Mme Papa. Est-ce que la lettre dit qui est le père ?

Secouant la tête, DJ posa la feuille sur le bureau et sortit son téléphone portable. — Reed, je veux que tu te postes à l'embranchement de la Route 9.

— On cherche des ivrognes ou des chauffards à cette heure-ci ? demanda le jeune agent.

— Ni l'un ni l'autre. Si tu vois une voiture que tu ne reconnais pas, relève la plaque et rappelle-moi. DJ mit fin à l'appel et reprit sa lecture de la lettre.

— Vous pensez que la mère n'est pas du coin ?

DJ hocha la tête. — On n'a aucun endroit en ville où un homme marié pourrait passer un long week-end de fête sans que sa femme en entende parler.

— Pourquoi a-t-elle déposé Brittany ici plutôt que chez Papa ?

— Probablement, replia DJ la lettre dans l'enveloppe avant de sortir une autre feuille, pour qu'on ne puisse pas l'arrêter. En laissant le bébé dans un lieu sûr au Texas, elle s'évite des poursuites.

— Je n'appelle pas vraiment ça un lieu sûr, le pas de la porte.

— Ouais, elle savait probablement que l'un de nous entrerait ou sortirait. Il leva les yeux à travers les vitres de son bureau en direction de la porte d'entrée. — Ça va être un sacré bazar. Même si on découvre qui est le père, je vais devoir appeler les services de protection de l'enfance, trouver une famille d'accueil agréée. Tu sais bien que le père exigera des tests ADN, et contrairement à la télé, avec l'État aux commandes, ça ne se fera sûrement pas du jour au lendemain.

À force de la bercer, même au milieu de la conversation, la douce petite s'était rendormie très profondément. Becky déplaça son poids d'un pied sur l'autre. — Je peux aider.

DJ déplia la feuille suivante et releva les yeux vers Becky. — Tu sais quelque chose que j'ignore ?

Elle secoua la tête. — J'ai toujours mon agrément pour l'accueil d'urgence. Tu te souviens, la cousine de Gran, Gert, est morte pendant une visite il y a quelques années ? Elle avait son petit-fils Chase avec elle. Sa mère avait disparu depuis un moment, à l'époque, et elle n'avait jamais dit à Gert qui était son père.

— C'est vrai. Vous avez gardé le garçon pendant quelques mois avant que les services sociaux ne retrouvent le père.

— On l'aurait gardé aussi si Gran n'avait pas bien aimé le type. Apparemment, il ne savait même pas qu'il avait un fils.

— On dirait qu'il y en a beaucoup, des histoires comme ça. DJ reporta son attention sur la page devant lui. Comme une pleine lune d'automne, ses yeux s'écarquillèrent jusqu'à ce que tout le blanc entoure ses iris bleu profond.

— Qu'est-ce qu'il y a ?

Sa main s'abattit lourdement sur la table. — C'est un acte de naissance.

— Bien. Au moins, on sait qui est la mère.

DJ hocha la tête. — On sait aussi qui est le père.

Quelque chose dans sa voix lui donna la chair de poule.

Sûrement, DJ n'avait pas été celui qui avait fait la fête avec des femmes inconnues. Même si, maintenant qu'elle y pensait, aucun des Farraday ne fréquentait les filles du coin, et elle serait sacrément idiote de croire qu'ils vivaient tous dans l'abstinence. Elle déglutit péniblement et attendit la suite.

— Becky. Il inspira. — C'est Ethan

Lisez la suite de Declan – L'imprévu au ranch, ou à prix réduit directement auprès de Chris.

RENCONTREZ CHRIS

Autrice de plus de cinquante romans contemporains, dont la série primée Aloha, Chris Keniston vit dans le nord du Texas avec son mari, ses deux enfants adultes et ses deux chiens.

Bien qu'elle aime ses chiens de la même façon, elle reconnaît avoir une affection particulière pour son berger allemand adopté. Après tout, même les chiens méritent une fin heureuse.

Vous pouvez en apprendre davantage sur Chris et ses livres sur : www.chriskeniston.com.

Suivez Chris sur Facebook à ChrisKenistonAuthor ou sur Twitter @ckenistonauthor.

Series: Sous le ciel des Farraday

Adam – La mariée disparue au ranch
Brooks – Tentation interdite au ranch
Connor – Bâtir son rêve au ranch
Declan – L'imprévu au ranch
Ethan – Un bébé au ranch
Finn – Une seconde chance au ranch
Grace – Rien ne vaut un chez soi au ranch